出土文獻譯注研析叢刊

文字學簡編

基礎篇

許錟輝　著

目次

蔡 序

　　文字學是中（國）文系基礎課程，眾所共知，徵之西漢，大辭賦家司馬相如、揚雄，無不精通字學，有專著傳世，即可知之。此後，歷代雖有興替消長，然大抵都認為是解經的管籥，誰都不能否認。當然，時至清朝，許學勃興，大家輩出，激盪之下，經學也都超邁前代，輝麗異常。由此可知，不論文學或經學，欲出類拔萃，卓然有成，文字學是基本功，應是不爭的事實。

　　民國五十年代，各大學中（國）文研究所，以文字學、經學為專研重點，一時風氣之盛，莫與倫比。此除與主導者有很大關係，當然，大師的鼓吹與影響，更是主因，像先師寧鄉魯實先先生在師大講授金文特別班，學子望風景從，即一顯例。因此，卜辭鼎銘、《說文解字》，成了當時的顯學。專研者既多，造就人才也就相對增多。就在此時，至友許錟輝教授，脫穎而出，成了個中的佼佼者。

　　許教授不僅在文字學方面著述不輟，質量可觀，傲視朋輩；同時，在各大學講授該課，手畫口誦，探原竟委，甚受學子敬愛，因此，該課的筆記也就成了私下切磋的主要憑藉，奉為拱璧，然而由於所記詳略不一，精粗有別，因此，互有出入，不感意外；魯魚亥豕，自難相免，而學子求好心切，每每質之於許教授，以求完善。又許教授在多所大學講授該課，因機施教，而非照本宣科，自難盡同。於是，在學子的請求與同道的期盼下，該著〈基礎篇〉於焉而生。

　　文字學雖屬「小學」，然其旁及卜辭鼎銘、經傳諸子，非苦心探索，好學深思，則難登堂奧，以竟其功，而許教授在中（國）文研究

所傳授該課有年，覃思精義，迭有創獲，又非大學部之講授所可牢籠。因此，凡研究生親炙於許教授者，論及其學，無不肅敬，尊為業師，而私淑者也莫不一讀其著為快，職是之故，該著之〈進階篇〉，緣此而出。

　　許教授是我的學長，承其不棄，論學問道，每多輔成，雖在若干文字學的論點上，不免相左，然其氣度開闊，不以為忤，而我也從不意氣相待，互敬互諒，迄今忽已三十餘春。今其累年積稿問世，於公於私，能不忻然！至命其著為《文字學簡編》，則謙愻之忱，全然表出；唯其著前有〈基礎篇〉，後有〈進階篇〉，復出以「簡」字，豈非牴牾？昔仲弓曰：「居敬而行簡」，孔子讚其言，諒許教授之用心，亦復如斯。其為學矜慎既如此，則該著之出，能不令人得其意而去？茲值其鴻著殺青之際，命我作序，著實不敢，僅恭綴數語，以紀其實耳！

蔡信發　歲次戊寅仲秋拜述

自　序

　　從民國六十六年在臺灣師範大學國文系講授文字學課程以來，不知不覺已過了二十一個年頭。在其間，文字學的學分有所變動，原先每學年六學分，每週三小時的課程，減爲目前每學年四學分，每週二小時。在每週上三小時的時候，所安排的教材內容，都能詳盡地講授完畢，而且還有充裕的時間和學生討論，成效自問相當滿意。減爲每週上二小時之後，總是在匆忙中講授完畢所安排的教材，如果剛巧上課時間遇上幾次假日，就必須草草了事，甚至留下殘局，無可奈何。由於多年來的痛苦經驗，一直想編寫一本文字學的書，好作爲講課補充之用，以便節省講授的時間，可以有充裕的時間和學生討論問題，無需擔心會遇上假日而匆忙趕課，不必在學期終了草草了事，也不至於留下殘局，讓自己和學生都有那分無奈之憾。然而總是有那麼多的雜務、那麼多的意外之事、那麼多的藉口，把這件心願一再的延誤下來。

　　近年來，和幾位老同學見面時，都會不自覺地跟他們談起這件一再被延誤的心願，承他們的好意，異口同聲勸我趕快把上課講授的資料整理出來，早日出版。去年初，萬卷樓圖書公司擬定當年度一系列的出版計畫，負責策畫的部門，也把我的文字學列入出版計畫之中，要我儘快把書名和內容綱要提出。就在這樣多重的催促下，使我無法再找任何藉口，只有逼著自己把這擱了多年的心願完成。

　　中國的歷史悠久，文化博大精深，中國文字學的範圍自然也就非常廣博。由於本書是以平日上課的講義爲基礎而寫成的，範圍不廣，

所以就命名為《文字學簡編》，取其簡要之意。中國文字學的一些理論、觀點，學者們還有異議，然而大致上對於前輩大師的說法還是比較認同的。本書主要是以大學中文系二年級同學為對象，對這些初入文字學之門的同學而言，自然不宜牽扯到太多有爭論性的問題，所以本書分為兩部分：第一部分〈基礎篇〉，屬於入門性質，敘述一些文字學的基本而較無爭議的話題。第二部分〈進階篇〉，屬於深入性質，探討一些比較繁雜的文字方面的問題，對於各家存有歧見的部分，則比較他們的優劣得失，盡量作出較為客觀的結論，提供文字學已有基礎的大學中文系三、四年級的同學以及對文字學有興趣的中文研究所研究生和一般社會人士參考。由於時間倉促，先把〈基礎篇〉的部分完成，疏失之處尚請方家不吝指正。至於〈進階篇〉的部分，要稍緩一段時間，敬請原諒。

梅縣許錟輝序於臺北學而思齋
中華民國八十八年元月

第一章　文字與文字學

第一節　人類使用文字的類型

世界上各國家、各種族所使用的文字，包括曾經使用過而現在已不使用甚至已不存在，以及現在還在使用的文字，不知有多少種。儘管人類使用過的、或目前還在使用的文字有如此之多，歸納起來，不外兩種類型：一種是音系文字，又稱拼音文字；另一種是形系文字，又稱表意文字。

一、音系文字的特質

文字是紀錄語言的工具，不管那種語言，都具有兩種要素：一種是語音，另一種是語意。音系文字在造字之初，是利用各種自訂的字母來紀錄語音，如：英文用 A、B、C、D 等二十六個字母，日文用あ、い、う、え等五十一個字母。所以音系文字的特質即在文字之字形與字音（亦即語音）關係密切，造字者以字母拼合而成的文字去紀錄語言，而識字者則從組合成文字的字母去讀出它的音，至於此一字音代表何義？卻是無法從這些組合的字母上得知，而是經由語言得知的。例如：beautiful，熟悉英語的人一見此字就能讀出它的音，並能知道它是「美麗」的意思，其實只要認識英文二十六個字母，就能大致拼出「beautiful」的音，卻並不知道它的意，「美麗」之義是經由語言而得知的。也就是說：音系文字的字形與字音彼此密合，造字時以形記音，識字時見形知音；而字形與字義關係疏遠甚至毫不相關，

所以識字時見形而不知其義。

二、形系文字的特質

形系文字在造字之初，是利用各種線條構成圖形或符號來紀錄語意，所以形系文字的特質即在文字之字形與字義（亦即語意）關係密切。造字者以各種線條構成的文字去紀錄語意，而識字者則從這些線條構成的文字去了解它的含義，至於此一字形如何發音？卻無法從這些線條構成的字形上得知，而是經由語言得知的。例如：表示太陽之義的文字，在中國商代的甲骨文作「囗」，用圓形畫出太陽的外形；而古埃及的楔形文字作「⊙」，也是用圓形畫出太陽的外形。二者都是字形與字義彼此密合，造字時以形表義，識字時見形知義，而字形與字音關係疏遠甚至毫不相關，所以識字時見形而不知其音。

第二節　語言與文字

一、語言的功能與圍限

語言是人類天賦的表情達意的本能，人不論男女老幼，不分南北東西，都可透過語言來溝通。然而語言在表情達意方面，主要會受到兩種限制：一種是時間的限制，一種是空間的限制。在沒有器材輔助之下，人們只能在同一時間交談，無法將語言傳遞給不同時間的對方，不能跟古人交談，也無法與後人交談，這是時間的限制。同樣的，在沒有器材輔助之下，人們也只能在同一空間交談，無法將語言傳遞給不同空間的他方，這是空間的限制。有了這些限制，自然大大地影響它表情達意的功能。

二、文字對語言的補助功能

人們發覺語言在時間、空間上的限制之後，曾經嘗試各種方法去

補救，例如結繩、刻契、圖畫等，這些方法固然可以克服時間與空間的限制，但是在表情達意方面，總是沒有使用語言那麼方便理想。經過長時間的嘗試改進，人們終於發明了文字，利用文字來表情達意，不論是音系文字或是形系文字，它都能克服時間與空間的限制，而且與語言相較，毫不遜色。就文字發生的背景而言，我們可以說文字是紀錄語言的工具，我們更可以說文字是彌補語言時空限制的最有效的工具。

三、語言對文字的補助功能

文字與語言的關係非常密切，而且它們彼此之間是相輔相成的，文字對語言來說，固然是在紀錄它的音義，彌補它的闕失。然而，相對的，語言對文字而言，也是在作詮釋的、補充的工作。音系文字主要在以形表音，表意的部分需要經由語言來詮釋補充，例如前面提到英文的「beautiful」一字，必須會講英語的人才能知道它「美麗」之義，否則就只有靠背誦記憶，知其然而不知其所以然了，國人學習英文不就是用這種方式嗎？透過語言的詮釋補充，在見其形、知其音之後，才能知其義。至於形系文字主要在以形表義，表音的部分也需要經由語言來詮釋補充，例如前面提到的「日」字，必須會講中國話，一般是會講國語的人，才能知道它「ㄖˋ」之音，否則也只有靠背誦記憶了。透過語言的詮釋補充，在見其形、知其義之後，才能知其音。

四、文字紀錄語言的功能

其實任何一種文字都有記錄語言的功能，語言包括語義與語音兩部分，所以任何文字都會把這兩部分紀錄下來，只是在字形上顯示的情形有所不同而已。音系文字顯示的是語音的部分而語義的部分隱藏起來，所以它的表音功能是顯性的，表義功能則是隱性的，所以從字形上只能得到字音的音訊，得不到字義的提示；形系文字顯示的是語義的部分而語音的部分隱藏起來，所以形系文字的表義功能是顯性

的，表音功能則是隱性的，從字形上只能得到字義的訊息，得不到字音的提示，除非是字形上帶有音符的文字，例如中國文字中的形聲字，它的表音、表義功能都是顯性的，吾人才能從字形上得到字義，也得到字音的提示。例如：「禷、以事類祭天神，从示類聲。」「示」表天神之義，「類」表「禷」音，並表事類之義。綜合起來，「禷」這個形聲字，在表音和表義上的功能，都是顯性的。

第三節　中國文字學界說

一、文字學的古稱

文字學在古代稱為小學，《周禮、地官、保氏》說：「保氏掌養國子以道，乃教之六藝：一曰五禮，二曰六樂，三曰五射，四曰五馭，五曰六書，六曰九數。」《漢書・藝文志・六藝略・小學類・序》說：「古者八歲入小學，故《周官・保氏》掌養國子，教之六書，謂象形、象事、象意、象聲、轉注、假借，造字之本也。」古代學童八歲入小學，學習認識文字，由學官保氏教他們六書，這是小學的基礎課程。由於小學以六書為識字的入門，經由六書來了解中國文字結構與類別，而後世學者研究中國文字，也以六書為重點，所以就把有關文字之學稱為小學。《漢書・藝文志》在六藝略下分出小學類，所列舉的書籍：《史籀十五篇》、《蒼頡一篇》、《凡將一篇》、《急就一篇》、《元尚一篇》、《訓纂一篇》等，都是有關文字方面的字書，這是最早把文字學稱為小學的紀錄。

《周禮》記載學童八歲入小學，保氏所教並不限於六書，還有其他五禮、六樂、五射、五馭、九數等，把六書識字的部分稱為小學，進而把有關文字之學稱為小學，不免有以偏概全之嫌，前代學者已有此發現，如章太炎在〈論語言文字之學〉一文就曾提出「合此三種，

乃成語言文字之學，此固非兒童佔畢所能盡者，然名爲小學則以襲用古稱，便於指示，其實當名語言文字之學。」的說法。

　　前面說過文字必須具備字形、字義、字音等三要素，古人將收錄注釋有關字形、字音、字義方面的書，都列爲小學，統稱爲文字聲韻訓詁之學。如宋・王應麟《玉海》就說：「文字之學有三：其一，體製，謂點畫有衡從曲折之殊，《說文》之類；其二，訓詁，謂稱謂有古今雅俗之異，《爾雅》、《方言》之類；其三，音韻，謂呼吸有清濁高下之不同，沈約《四聲譜》及西域反切之學。」前人研究整理文字方面的著作，有著重字形方面的，如東漢・許慎撰《說文解字》十四篇，晉・呂忱撰《字林》五篇，梁・顧野王撰《玉篇》三十卷，宋・司馬光等撰《類篇》四十篇等，這就是王應麟所說的「體製」。有著重字義方面的，如《爾雅》五卷十九篇，魏・張揖撰《廣雅》三卷，《小爾雅》一卷，漢・楊雄撰《方言》十三卷等。有著重字音方面的，如魏・李登撰《聲類》十卷，隋・陸法言撰《切韻》五卷，宋・陳彭年撰《廣韻》五卷，宋・丁度撰《集韻》十卷，這就是王應麟所說的「音韻」。《隋書・經籍志》說：魏・荀勗撰《中經新簿》，分圖書爲四部，一曰甲部，六藝及小學等書。劉宋・王儉撰《七志》，一曰經典志，紀六藝、小學、史記、雜傳。而《隋書・經籍志》分圖書爲經、史、子、集四部，經部記六藝、小學等書，其小學部分著錄《三蒼》、《急就章》、《說文》、《字林》等有關字形的書，以及《聲類》、《四聲韻林》、《河洛語音》、《鮮卑語》等有關字音、語言的書共一百零八種。至於有關字義的，如《爾雅》、《廣雅》、《小爾雅》、《釋名》、《方言》、《五經異義》等書，王應麟稱爲「訓詁」的，則附錄於《論語》之後，而注明說：「《爾雅》諸書，解古今之意，并五經總義附于此篇。」到了清代，《四庫全書・經部・小學類》著錄文字、聲韻、訓詁方面的書，分爲三大類，其一，訓詁之

屬，計收《爾雅註疏》、《方言》、《釋名》等十二部訓詁方面的書。其二，字書之屬，計收《急就章》、《說文解字》、《說文繫傳》等三十六部文字方面的書。其三，韻書之屬，計收《廣韻》、《集韻》、《韻補》等三十三部音韻方面的書。而統稱爲「小學」。

二、中國文字學的廣狹義界説

清代乾隆、嘉慶以來，研究這方面的學者越來越多，實有分工分科的必要，於是字形、字音、字義三者分開，有關字形方面的稱爲文字學或字形學，有關字音方面的稱爲音韻學或聲韻學，有關字義方面的稱爲訓詁學。所以清代段玉裁《說文解字注》說：「凡文字有義有形有音，《爾雅》已下義書也；《聲類》已下音書也；《說文》形書也。」

綜上所述，小學或文字學有廣義與狹義之分，廣義的文字學包含字形、字音、字義三方面，而字形學、音韻學、訓詁學都涵蓋在內。至於狹義的文字學，則專指字形方面的字形學。但是字形、字音、字義三者雖然各有所專，卻是無法截然分割的，胡樸安著《中國文字學史》曾經說過：「廣義的文字學，包括形、聲、義三部；狹義的文字學，研究文字之形者爲文字學，研究文字之聲者爲聲韻學，研究文字之義者爲訓詁學。《說文解字》等書，形書也；《廣韻》等書，韻書也；《爾雅》等書，義書也。本上定義，文字學的範圍，當然屬於狹義的形。惟是轉注、假借，在在有聲與義之關係，雖狹義的文字學，而涉聲與義之處甚多。其專門爲聲韻、訓詁之研究者，獨立於文字學之外；而文字學則固以形爲主，兼聲與義而爲研究者也。」其實這也只是原則性的畫分而已。今天在一般大學校院中文系、國文系、語教系所開設的文字學課程，是屬於狹義的文字學，講授的重點以字形結構爲主。本書撰寫的動機，主要供大學生閱讀參考，內容也是以狹義的文字學爲範圍的。

第二章　文字的三要素

　　文字是記錄語言的工具，在語言的階段，有它的音和義，文字產生之後又有它的形，所以字形、字義、字音是構成文字的三要素，缺一不可。如果只有形和義而沒有音，它只是圖畫或符號，不是文字。例如一幅狩獵圖，圖中有人物，有馬匹，有獵犬，有獵鷹，有獵鎗，有叢林，還有各種動物，可說應有盡有，從這些圖形，不難了解圖中的意義，可是這還是圖畫，不是文字，因為它沒有音，無法讀出來。如果只有形和音而沒有義，它可能是個音標音符，不是文字。例如國語注音ㄅ、ㄆ、ㄇ、ㄈ，有形有音，但是沒有義，它只是音標，不是文字。如果只有音和義而沒有形，它只是語言，不是文字。至於只有形而無音無義，這只是無意義的線條，不是文字；還有只有音而沒有形和義的，那只是無意義的聲音，既不是語言，也不是文字。

第一節　文字的外衣—字形

　　不論是那一種文字，必定有它的字形，而每一種文字都具有它自己獨特的字形與風格。音系文字是由字母拼合而成，這就是它獨有的風格。音系文字中的日文字母，分為平假名あ、い、う、え，與片假名ア、イ、ウ、エ兩種型態；而英文字母則分為印刷大楷體Ａ、Ｂ、Ｃ，印刷小楷體ａ、ｂ、ｃ，書寫大楷體𝒜、𝓑、𝓒，書寫小楷體𝒶、 *b*・*c* 等四種型態，自然又各有它們的風格。形系文字是由各種不同的線條描繪出來，這就是它的風格。中國文字中的「牛」字，商代甲骨文作「♈」，周代金文作「♉」、「♊」、小篆作「♈」。它隨著書寫者的書寫習慣，以及所使用書寫工具的不同，而有整飭、草率、簡略、繁複的變化，這又與音系文字呈現不同的風格。

　　從文字演變的角度來說，字形有本形有變形。就音系文字而言，字形由字母拼合而成，字母很少有改變，所以音系文字無所謂本形、變形之別。形系文字由線條描繪而成，線條會發生變化，變化之後，會影響字形表義的功能，所以形系文字，尤其是中國文字，便有辨明本形與變形的必要。甚麼是本形？甚麼是變形？簡單的說，本形就是造字時的初形。造字者造字的方式主要有兩種，一種是直觀式，另一種是直覺式。直觀式的造字，是由外而內的造字方式，造字者憑著他的視覺，把他所看到的物體用線條描繪出來，是先由外物引發造字者的視覺反應，再從內心產生所見物體的含義，然後用線條將此物體的外形描繪出來成為文字。例如「鳥」字，篆文作「鳥」，上象鳥頭，中象翅膀貼在背上，下象尾巴及腳之形。造字者看到的是一隻側立的鳥，心中反應這是鳥，於是就用線條將鳥的側立外形描繪出來，這就是「鳥」字的造字過程，造字者直接經由眼睛觀察而造字，所以稱為直觀式。直覺式的造字，是由內而外的造字方式，造字者心中有一個意念，並非由外物所引發，於是用線條將此意念表達出來成為文字，例如「上」字，古文作「二」，造字者心中先有一個高上的意念，於是以一長橫畫表示任何物體的表面，再以一短橫畫表示它的方位是在某一物體表面之上，這就是「上」字的造字過程，造字者先在內心覺察某一意念而造字，所以稱為直覺式。

　　不論是直觀式或是直覺式的造字，造字者都是根據一個初義去造形，這個形必然和所根據的初義相合，也就是說，這個形必然可以

表達此一初義，這就是本形。變形是用字時發生變化的字形。有些文字在造出來經過使用之後，它的形體一直沒有改變，例如：一、二、三等數字，口、井、雨等象實物的字，我們今天仍然可以很容易從字形上了解它的原義。有些文字的形體雖然有了改變，但變動不大，例如：日、月、大、人、田等象實物的字，我們仍然可以從字形上大致了解它的原義。有些文字，其實它的形體並沒有改變、或改變不大，只是由於它的原義今天已不使用、或很少使用，所以使我們容易把它的字形和今日常用的字義關聯在一起，以至於從字形上聯想不到它的原義，並對它產生誤解。例如：八，字形為二撇，字義卻為計數的「八」，形義毫不相關，以為中國文字的形與義是不關聯的，其實「八」的原義是分別，字形是以兩撇相背表示分開之義，計數的「八」是假借義，與字形不相關。由於分別之義今天已不通用，所以無法從字形上去辨認。又如：呂，原義為脊椎骨，字形就象兩顆脊椎骨相連的形狀，中間一撇象連接脊椎骨的筋脈，今天「呂」字通用為姓氏之義，這也是假借義，與字形不相關，而脊骨的原義今已不用，所以從字形上自然聯想不到了。

許多文字在後人使用時都會產生或多或少的字形變化，這些變形已經失去當初造字時以形表義的作用，今日看來，這些變形的文字都只是一個符號而已，例如：牛、羊、自（鼻）、耳等字本來都象實物之形，今已失其形肖。綜上所述，可知本形是造字時的初形，本形與原義相合，所以只要字形未經改變、字形與原義可以相合的都可視為本形，然則本形並不限於一個形體；至於變形是用字時發生變化的形體，變形與原義不相合，而用字的人不只一人，不限一時一地，所以變形不只一個，出現在不同的時間、地點。

第二節　文字的內涵—字義

一、本義

任何一個文字，都有它的字義，從表面上來看，有些字只有一個字義，有些字有很多字義，但是從造字的角度來說，一個字就只有一個原義，這就是所謂的「本義」。前面說過，文字是紀錄語言的工具，以形系文字來說，造字的時候，造字者是根據語言中的某一選定的義來造出字形的，所以才會字形與原義相合，後人也才能從字形去了解它的原義，這個由造字者所選定的原義就稱為本義。例如：血字，今日它有人血、動物血、祭祀時獻給鬼神的犧牲的血、眼淚（如：日暮千行血）、婦女的月經、紅色、形容艱苦（如：血本）、形容惡毒（如：血口噴人）等義。造字時，它的本義是祭祀時獻給鬼神的犧牲的血，犧牲的血要放在盆子裡，所以「血」字下半是「皿」，上面一撇是血塊，小篆作「血」，一橫表示血塊在器皿裡，就更接近原形了。

二、變義

文字在使用時字義也會發生變化，這就是變義。以中國文字來說，文字的變義可分為三類：一類是引伸義，一類是比擬義，一類是假借義。

（一）引伸義

引伸義，又作引申義，它是從本義而擴大應用的，所以又稱擴大義、內發義。如果把文字比喻成一棵樹，那麼本義就好比是樹幹，而引伸義就好比是樹枝，所以引伸義也可稱為枝蔓式的變義。樹枝有的直接從樹幹衍生，有的再從樹枝衍生，所以引伸義也有它的等級，分為一級引伸、二級引伸等等。每一個字的引伸情形不同，有的字一個引伸義都沒有，有的引伸義很多，引伸義多的文字，表示它通用的程度高，一般稱為常用字，其次是次常用字，其次是罕用字，最罕用的、甚至現在已不用的，有人稱它為死文字。

舉例來說，上述的「血」字，人血、動物血、祭祀所獻犧牲的

血，都是血液。只是造字者選定犧牲血作爲造形的依據，所以血字从「皿」，表示祭祀時放在皿中獻給鬼神的犧牲的血，這就是血字的本義，而人血、動物血就是引伸義，是從本義擴大衍生而來，由於它與本義的關係最密切，就稱之爲血字的一級引伸義。血是紅色的，所以紅色也是引伸義；婦女的月經是血水，也是引伸義；這些與本義的關係比起人血、動物血要稍爲疏遠些，就稱爲二級引伸義。流血表示受到傷害，艱苦之義便是由此而引伸的；使人流血表示殘酷，惡毒之義由此而引伸；傷心至極，淚水流盡而繼之以血，眼淚之義由此而引伸；這些與本義的關係又更疏遠，已是三級引伸了。下面用圖來表示：

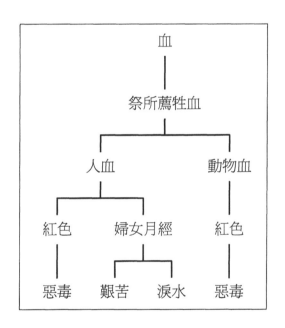

（二）比擬義

　　所謂比擬義即比喻義，它是在用字時由某字的形體上比擬而產生的變義。蔡信發教授在〈比擬義析論〉說：「所謂比擬義即比喻義，是由某字形體比擬而產生的意義。」例如層字，《說文》云「層、重

屋也。从尸曾聲。」尸的本義爲陳列，象人睡臥之形，站著的稱爲人，臥著的稱爲尸，臥著也就是陳列的意思。人字象一個人側立的形狀，是象形文。尸字是人字的變形，是變體象形。層字所从的「尸」，在字義上與陳列無關，它是從尸字的字形上去聯想的，「尸」的字形就象房屋形狀，上邊象屋頂，左側象牆，所以《說文》解釋「屋」字的形體結構說：「屋、屍也。从尸，尸、所主也。一曰：尸、象屋形。」段玉裁注：「此从尸之又一說也，上象覆，　旁象壁。」所主是指祭祀時的尸主，古代祭祀時，安排一個人，通常是孩童，來代表祖先，接受子孫的祭拜，稱之爲「尸」，尸除了接受祭拜之外，甚麼事都不要做，就像陳列在那裡一樣，所以稱爲尸。這是從陳列的本義擴展出來的引伸義，至於「層」字、「屋」字所从的「尸」，是從字形上聯想的比擬義，二者是不同的。比擬義也是從本字擴大，只是引伸義是由本義擴大，比擬義是由本形擴大。過去學者把比擬義和引伸義混爲一事，所以有「據義引伸」、「據形引伸」的說法。所謂「據形引伸」，即是比擬義，畢竟與「據義引伸」的引伸義是有所不同的。不過，如果把文字比成一棵樹，那末比擬義與引伸義都是由樹身衍生的，都是內發義。只是引伸義由本義而衍生，比擬義由本形而衍生。

（三）假借義

　　假借就是借用，東西不夠用會向他人借用，同樣的道理，文字不夠用也可以向他字（有本字）或他義（無本字）借用。向人借用東西要有條件，文字借用也有條件，那就是《說文解字‧敍》所說的：「依聲託事」，必須要在聲音相同、或是聲音相近的條件之下才能假借。借用東西必有借貸二方，文字假借原則上也有借貸二方，借方借用有兩種情況：一種是本身沒有本字，一種是本身有本字。借方有本字不用而用借來的字，稱爲有本字之假借；借方未有本字而借用他字，稱爲無本字之假借，亦即《說文解字‧敍》所說：「本無其字，依聲託事。」

不論有本字或無本字，借方所借用的字都稱爲假借字。有本字的假借，在今天除非古人已有此字假借之先例，否則便是所謂的別字了。貸方之字原有它的本義，在假借之後，除了本義之外便又新增假借義。

在說明假借義之前，先要了解假借的原理。文字的功能在紀錄語言，語言中的某一個音，可以毫無意義，可以表示某一個意義，也可以表示好幾個意義。無意義的音不能據以造字，有意義的音在理論上就可據以造字，但是有些義太過抽象，無法用字形來表達此義，以致不能據以造字；有些義太過複雜，也不能據以造字；有些義並不抽象、複雜，本可據以造字，但是以此方式造字並不恰當，所以迄今並未造出字來。這些在語言上有其音義而不能或未曾造出文字的情形，如果用口頭來表情達意，不會有任何問題，如果用紙筆來表情達意，這些不能或未曾造出的字便無法書寫出來，這時就只有用假借的方式來處理了。舉例來說，語言中有「ㄅㄚ」的音，可以表示許多的義，表列如下：

序號	語　　　　　義	文字	說　　　　　　明
1	數目名	八	義太複雜，以此累積八畫造字，並不恰當，故借用「八」形表達，屬無本字假借。
2	分別	八	《說文》：「別也，象分別相背之形。」
3	蟲名	巴	《說文》：「蟲也，或曰食象它。象形。」
4	詞尾，如嘴巴、尾巴	巴	義太抽象，無法造字，借「巴」形表達，屬無本字假借。
5	地名，如：巴縣	巴	義太抽象，無法造字，借「巴」形表達，屬無本字假借。
6	姓	巴	義太抽象　無法造字，借「巴」形表達，屬無本字假借。

7	有刺的竹名	笆	後起形聲字
8	母豬	豝	《說文》：「牝豕也，从豕巴聲。」
9	創傷癒後留下的痕跡	疤	後起形聲字
10	形容聲音	叭	後起形聲字
11	強行脫下	扒	後起形聲字

上述諸義，造出的字有八、巴、豝、笆、疤、叭、扒等七字，整理如下：

文　　　　　字	字　　　　　義	說　　　　　明
八	分別	本義
	數目名	假借義
巴	蟲名	本義
	詞尾	假借義
	地名	假借義
	姓	假借義
豝	母豬	本義
笆	有刺的竹名	本義
疤	創傷癒後留下的痕跡	本義
叭	形容聲音	本義
扒	強行脫下	本義

　　假借義是經由聲音的條件而外借的，所以又稱外來義。如果本義比成樹幹，引伸義、比擬義比成樹幹長出的樹枝，那麼假借義可以比成其他樹上移接過來的接枝，所以假借義又稱接枝式的變義。

　　綜上所述，本義是造字時所依據的原義，每一文字只有一個本義。變義是用字時在本義之外發生變化的字義，變義分爲引伸義、比擬義與假借義三類，引伸義是由本義而擴大，比擬義是由字形聯想而來，假借義是經由聲音的條件從他字借用的，原則上與本義無關。引伸義、比擬義與假借義都視各字的使用情形而有所不同，有的字只有

本義，引伸義、比擬義、假借義都沒有，有的字除了本義之外，還有很多的引伸義、比擬義與假借義。

第三節　文字的語言─字音

一、本音

本音就是造字時的原音。前面說過，文字的功能在紀錄語言，任何一種語言都有古今音變、方言異讀的問題，但在這一種語言體系中，總有某一種地區方言在當時會被大多數的人所使用，通常都是通行於當代政治中心地區或是國家都會地帶的語言，音系文字用字母記錄語言的音，而所記錄的就是造字時大多數人使用的語言，這就是此一文字的本音。形系文字雖然也在記錄語言，但是記錄語言的音是隱性的，以中國文字來說，象形文、指事文、會意字等是隱性的記錄語音，所以文字本身顯示不出字音，其實這些字在造字時仍然有它所依據的本音。至於形聲字，以聲符記錄語音，所以文字本身能顯示出字音來。然則，形聲字的聲符既然是記錄語音，這就是此一文字的本音了。

二、變音

如果語言改變，就出現了變音，於是也就出現記錄此一變音的文字，從學理來說，此一文字便是原有文字的後起字，何仲英在他所著《漢字改革的歷史觀》說：「五百年前的釵色爾（Chaucer）英文，今人誦之都覺艱深；而千餘年前的盎格魯薩克遜英文，就他本國人攬起來，亦覺詰屈聱牙。」從盎格魯薩克遜英文到釵色爾英文，就是語言改變所導致的結果 。至於形系文字，用線條表現語言的義，雖然這些線條組成的字形也存有與語言相對應的音，可是那些在字形上不帶有音符的文字，例如中國文字中的日、月等象形字，上、下等指事

字，武、信等會意字，都無法在字形上看出它們的音讀，所以這些文字的本音，通常是從後世韻書中得知的。例如鳥字，《說文》：「鳥、長尾禽總名也。象形。」《廣韻》：「《說文》曰：『長尾禽總名也，象形。』都了切。」都了切，現在讀成ㄉㄧㄠˇ，這就是它的本音；今音ㄋㄧㄠˇ就是它的變音。

至於形聲字字形上帶有的音符，就是紀錄造字時的本音，由於造字者不限於一人一時一地，所以這些音符也就記錄造字者當時、當地的音，例如：《說文》：「常、下帬也，从巾尚聲。裳、常或从衣。」常字今音ㄔㄤˊ，而《說文》注明它的音符是「尚」，這表示「尚」就是當初造「常」字時的本音，《說文》所列「常」的異體字「裳」的音符也是「尚」，而「裳」字今音ㄔㄤˊ，又讀ㄕㄤ，就和「尚」的音很接近了。又如《說文》：「莒，齊謂芋為莒，从艸呂聲。」「莒」字是古代齊地（相當現今山東省的東部）所造的方言字，今音ㄐㄩˇ，而它的音符「呂」，就是當時齊地的音，所以照學理來說，「莒」字的本音應是近乎「呂」，ㄐㄩˇ應該就是變音了。

三、變音產生的原因

變音是用字時所衍生的，以中國文字來說，通常形成變音的原因有如下幾種：

（一）古今音變

古代造字時的原音，後世音變而本義未變，例如「盾」字，現有ㄉㄨㄣˋ、ㄕㄨㄣˇ二音，本義是古代戰爭時用來保護身體的兵器。聲韻學家的研究，古代發音只有舌頭音而無舌上音（即舌面音），然則，ㄉㄨㄣˋ應是古音，ㄕㄨㄣˇ則是後來的變音。

（二）方言異讀

任何一種語言都有古今音變、方言異讀的問題，但在這一種語言體系中，總有某一種地區方言在當時會被大多數的人所使用，通常都

是通行於當代政治中心地區或是國家都會地帶的語言，古人稱為雅言、或夏音，相當於今天台灣所稱的國語、或是大陸所稱的普通話。一般而言，多半都是在文化高的地區造字，所以大部分文字也都是依據雅言而造的。但是也有不少是依據某地方言而造的字，例如前面提到的「莒」字，便是紀錄齊地方言的文字，而「芋」字則是紀錄雅言的文字。即使在今天，仍然有不少的方言字，方言字往往有與它對應的雅言字，例如「冇」是廣東方言字，與「沒」（音ㄇㄟˊ）字相對應，但是方言字並不一定有與它對應的雅言字，如「嫑」是吳語方言字，義為不要，並無與它相對應的雅言字，只是後來由於政治、經濟等因素，使得吳語也很流行，於是「嫑」字也常出現在書報中，為大家所熟悉，其實它是個方言字。

（三）引伸音變

字義由本義變為引伸義，有時會導致字音的改變，例如：樂字，《說文》：「樂、五聲八音總名，象鼓鞞，木、虡也。」樂字象一組大鼓小鼓和鼓架的形狀，樂器是它的本義，《說文》所釋「五聲八音總名」，是它的一級引伸義，樂音可以使人喜樂，這是它的二級引伸義，由喜樂而愛好，這是它的三級引伸義。《廣韻》收「樂」字有三個音，覺韻：「樂、音樂。五角切。」五角切、今讀成ㄩㄝˋ，這是它的本音，音樂是引伸義，但並未變音。又鐸韻：「樂、喜樂。盧各切。」盧各切、今讀成ㄌㄜˋ，這是由引伸義導致的變音。又效韻：「樂、好也，五教切。」五教切、今讀成ㄧㄠˋ，這也是引伸義導致的變音。

（四）假借音變

字義由本義變為假借義，也會導致字音的改變，例如前面提到的樂字，《廣韻·覺韻》：「樂、音樂。……又姓。五角切。」姓氏是樂的假借義，而仍讀本音。又如參字，《說文》：「曑、商星也。从

晶㐱聲。曑、或省。」㵓、參是一字的異體，星名是它的本義，參加、數名、鼓名、錯雜等義都是它的假借義。《廣韻》收參字有五個音，侵韻：「參、參星，所今切。」今讀ㄕㄣ，這是本音。侵韻又說：「㐱、㐱差不齊兒，楚簪切。參、上同。」㐱字不見於《說文》，古人不齊之義作「參差」，用假借字，是無本字的假借，《廣韻》㐱字是後起本字，楚簪切、今讀ㄘㄣ，這是假借導致的變音。又覃韻：「參、參承、參觀也。倉含切。」今讀ㄘㄢ，這也是假借音變，參與、參加之義由此而引伸。又談韻：「三、數名。蘇甘切。參、上同。」今讀ㄙㄢ，這也是假借音變。又勘韻：「參、參鼓。七紺切。」今讀ㄘㄢˋ，這也是假借音變。

　　綜上所述，本音是造字時的原音，只有一個；變音是後世用字時所產生的，每個字的情形不同，常用的字變義多，變音也隨著增多，罕用的變義少，甚至沒有變義，於是變音也就少，甚至沒有變音。有的字本義今日已少用或不用了，反而引伸義、假借義通行，所以一般的字典、辭典未收本義、本音，所收的是變音，而一般人也就誤以現今常用、通行的音義為本音本義了。

第三章　中國文字的特質

　　人類使用的文字分爲音系文字和形系文字兩大類。音系文字以形表音，形音相合是它的特質；而形系文字以形表義，形義相合則是它的特質。中國文字是形系文字的一支，當然具有形義相合的特質，但是除此之外，它還具有其他特質。

第一節　古今的一貫

　　西元 1845 年，英人拉雅（Laryard）在亞述的舊都尼尼微（Nineveh）發現了古代亞述帝國留下的楔形文字，引起了國際學術界的一場震撼。同樣的，在大約五十五年之後，清光緒二十五年（西元 1899 年），在甲骨上發現了商代留下的古文字，也引起學者們的矚目。然而這些被認爲世界最古的文字，卻有不同的命運，5500 年前表達蘇美爾語言的蘇美爾楔形文字，西元前 1800 年表達阿卡德語言的巴比倫楔形文字，西元前 900 年同是表達阿卡德語言的亞述楔形文字，以及 5000 多年前的古埃及聖書字等，早成爲歷史的陳跡。因爲這些文字與後世跟它有關的民族或國家所使用文字，形成了斷層。就以埃及文字來說，古埃及聖書字的碑銘體，大致上外形是象形的圖畫，是屬於以形表義的形系文字。即使是字體略爲草率已失去象形功能的僧侶體，以及由僧侶體簡化而成的大眾體，也與現今埃及使用的以形表音的拼音文字迥然不同。

　　然而中國文字則不然，它由現在發現最早的商代甲骨文字，到今日普遍使用的楷書，在本質上仍然是以形表義的。即以「告」字爲例，甲骨文作「𠤷」、金文作「告」、《說文》篆文作「告」，這些形體和楷書沒有不同，都是由「牛」和「口」兩部分結合而成，這在六書屬於「會意」。儘管這些文字在時間上距離現在那麼久遠，但仍然和今日我們使用的文字相銜接，並沒有形成斷層的現象，更沒有遇到壽終正寢的命運，這種古今文字相銜接的一貫性，是中國文字的特質之

第二節　形音義的密合

　　形系文字在造字時是據物造形，以形表義，如埃及聖書字的「𓃀」，象一隻側立的象的形狀，造字時據此側立的象，造出「象」形，字形與字義能互相配合，這是形系文字的特點，但從「象」形無法得知它的讀音，這是一般形系文字的缺點。中國文字中的象形文，如「鳥」字，篆文作「鳥」，一眼即可看出它像一隻鳥側立的形狀，也就說，看到「鳥」形就能知道它的字義是鳥。如指事文的「下」字，篆文作「丅」，字形也可看出以一長橫畫表示一個平面、一個基準點，再以一短畫指明它的部位，表示在長畫的此一部位就是「下」義。又如會意字的「信」字，字形是由「人」和「言」兩個文字結合而成，人說話要算數，這就是誠信，字形是「人」、「言」相合，字義就是誠信。這些字在造字時也都是據義造形，以形表義，達到字形與字義密合的地步，這與上述埃及聖書字的「𓃀」字是一樣的。而這些字在字形上不帶有表音的聲符，一般稱爲無聲字，也都無法從字形上得知它的讀音，這也是與聖書字有同樣的缺點。不過中國文字中的形聲字，字形本身帶有表音的聲符，一般稱爲有聲字，如「詁」字，《說文》：「詁、

　　七、㗊：《說文》：「㗊、眾口也。从四口。」口字四重組合，就是㗊字。四口相重，便有眾口之義。

　　八、咕：不見於《說文》，是個晚出的形聲字，从口古聲，咕噥，是說話不清楚；咕咚，是形容東西碰撞的聲音。說話、聲音都從口出，所以咕字从口，古是表音的聲符。

　　如此由「口」、「十」二字轉相組合，可以孳生出這許多新文字，而孳生的文字，仍然是以形表義，維持形系文字的特點。象形、指事、會意、形聲四者，是六書的基本部分，有些學者把它稱爲造字之法，而把轉注、假借稱爲用字之法。有些學者認爲六書都是造字之法，把象形、指事、會意、形聲四者稱爲基本造字之法，而把轉注、假借二者稱爲輔助造字之法。關於這些問題，後面談到「中國文字的結構與類別」時再詳細說明。在安陽出土的商代甲骨文字，是目前所能看到最早的中國文字，即已六書齊全，這是中國文字的特質之三。

第四節　外形的方正與結構的勻稱

　　音系文字用字母記錄語言，記錄的語言有的是多音節的，有的是單音節的，它的字形必然是長短不一。形系文字以線條造形，外形不會長短不一，比起音系文字要整齊得多，大致上也比較接近方正之形。中國文字中的象形文、指事文，與其他形系文字相類，從字形上還看不出有對字形結構經營設計的理念與安排。但是會意字、形聲字就不同了，它是由兩個以上的文字所組合而成，這些會意字、形聲字的組成分子，線條未必相同，筆畫數也不盡相同，在結合的時候，彼此的相容性也不相同。例如「木」字，當它在獨用之時，外形大致上是方正的，當它與其他的字結合時，就往往變成狹長形，與其他文字往往作左右結合的方式，如朴、构、杠、柚等字都是，他如手、水、

火、糸、目、金、弓等字，也都是如此。又如「艸」字，當它與其他的字結合時，就往往變成橫寬形，與其他文字往往作上下結合的方式，如芒、芎、芬、英等字都是，他如竹、血、雨、冖、网、穴、皿、父等字，也都是如此。又如「囗」（圍的初文）字，當它與其他的字結合時，就往往變成虛中形，與其他文字往往作內外結合的方式，如囚、因、困、園等字都是，他如門、行、㢸、辡、鬥等字，也都是如此。這是屬於結合的相容性，狹長形的多半作左右結合，橫寬形的多半作上下結合，虛中形的多半作內外結合，如此結合的字形才能達到外形方正美觀的地步。

此外還有筆畫數相對應的考量，例如「梓」字是「梓」的籀文，由於「木」與「宰」彼此的筆畫數相差較大，結合在一起，會覺得左邊輕、右邊重，於是後來就把「宰」字省略成「辛」，與「木」字結合起來就覺得左右勻稱些。而「辛」在「梓」字中，是表音的聲符，仍然是「宰」的省略，所以「梓」字不音ㄒㄧㄣ，而音ㄗˇ，與「宰」音ㄗㄞˇ才相近。他如融省作融、襲省作襲、曐省作星，都是基於字形勻稱、方正的考量而作的安排。這種方正勻稱的字形，也就形成中國文字的藝術美，與中國書法的蓬勃發展成爲藝術的一門，關係至爲密切。字形方正與結構勻稱是中國文字的特質之四。

第五節　音節的單一

前面說過，任何一種文字都在記錄語言的語義與語音兩部分，只是在字形上顯示的情形有所不同而已。音系文字顯示的是語音的部分而語義的部分隱藏起來，形系文字顯示的是語義的部分而語音的部分隱藏起來。然則不論音系文字或是形系文字，都有記錄語音的功能，多音節的語言，文字記錄它的語音，有單音節，有多音節，於是字形

便會有的長有的短。例如英語中義爲太陽的「Sun」字，記錄英語「sun」的音，屬單音節。而義爲夏日的「Summer」字，記錄英語「sum」、「mer」兩個音，屬多音節。如果書寫出來，便長短不一。中國的漢語是單音節的，所以中國的文字記錄的語言也是單音節的，不論是象形、指事、會意、形聲，不管是名詞、動詞，都是記錄單音節的一個音，也就是說，一個音節就表示一個名物，或表示一個意念，例如「日」字是象形文，記錄語言「ㄖˋ」的音，表示太陽之義。又如「期」字是形聲字，記錄語言「ㄑㄧˊ」的音，表示會合之義。

說到這裡，也許有人會提出疑問，象形、指事、會意等無聲字，記錄語音是隱性的，我們怎麼知道它是在記錄單一音節呢？關於這問題，我們可以從兩方面來說明。

第一，韻書中的反切可以提供我們字音方面的訊息，例如「日」字，《廣韻》音「人質切」，反切上字「人」標注「日」字的聲（發音），反切下字「質」標注它的韻（收音），一聲一韻合起來是一個音節，也就是「日」字的音，可知「日」字是在記錄單一音節。

第二，形聲字的聲符雖然記錄語音是顯性的，但是聲符本身很多也是象形、指事、會意，這些字本身也是隱性地記錄語音的，我們之所以說形聲字也是記錄單一音節，主要是因爲絕大多數的形聲字都是單一聲符的，多聲符的形聲字少之又少，單一的聲符，自然也就記錄單一音節了。

一個單獨的中國字，可以代表一個音，也可以代表一個事物，這單音節的中國文字，單字可以成爲單詞，一個字一個方正的外形，一個單一音節的字音，在表達使用的時候，簡明方便，變化多端，充分呈現它形態上的優點，從而開拓中國文學體裁的多樣發展，關於這點，在後面「中國文字的功能與價值」再加以說明。音節的單一是中國文字的特質之五。

第六節　義蘊的豐富而有條理

　　任何一種文字都有記錄語義的功能，所以每種文字也都有它豐富的義蘊。中國文字的字義，有造字時的本義，用字時的引伸義、比擬義與假借義。本義只有一個，而引伸義、比擬義、假借義可能有很多，例如「子」字，甲骨文作「♀」、金文作「♀」、篆文作「♀」，都象小兒兩手上舉、兩腳包裹在襁褓中的形狀，幼兒是「子」的本義。此外如男子的尊稱、父子之子、子女之子、女子之子、子金之子（利息）、魚子之子（魚卵）等義，都是從幼兒本義擴大而來的引伸義。又如干支之子、子姓之子、子爵之子等義，都是經由語音「ㄗˇ」的條件從他義假借而來的，是無本字的假借義。至於比擬義，在「子」字則無。

　　一個「子」字包含這許多義，如果把文字比喻為一棵樹，那麼，本義是幼兒，可比成樹幹，男子尊稱等引伸義，可比成樹幹長出的樹枝，這些樹枝還可以依照它與樹幹的親疏關係，分為一級、二級、三級的等級，而干支、姓、爵名等假借義，可比成由他樹移接過來的樹枝，這許多義在「子」字的字形中有條不紊地排列，可說是義蘊豐富而不雜亂，這是其他文字無法相比的。這種義蘊豐富的文字，使得中國歷代文學的體裁與內容也顯得多采多姿。義蘊豐富而有條理是中國文字的特質之六。

　　中國文字具有上述的六種特質，使中國文字在運用上方便而不呆滯，複雜而不凌亂，既可以衍生無窮，又可以脈絡一貫，與古代文字息息相關，而無斷層、隔閡之虞，這就是中國文字與其他文字不同之處，也是中國文字偉大卓絕的地方。

第四章　中國文字的功能與價值

第一節　中國文字的功能

　　文字的主要功能有二，其一是表情達意，其二是記錄古人所表之情所達之意，留傳後世。此二事實為一事，質言之，文字的功能即在記錄語言而已。在文字未造之前，人類已有情要表，有意要達，而那時候用來表情達意的工具或方式，最初只有語言一種而已。前面說過，語言有兩種限制，一種是時間的限制，另一種是空間的限制。為了突破此二種限制，於是陸續發明了各種表情達意的工具與方法，例如結繩、圖畫、木刻等，這些方法雖然可以超越時空，但未能如語言那樣適切方便地發揮表情達意的功能，經過長時期的摸索與嘗試，終於發明了文字，取代往日所採用的結繩，圖畫，木刻等方法，而成為最理想的表情達意的工具。儘管各民族、國家文字的出現有先後，但是這些文字都能超越時空，都是該國家、民族的人們所認為最理想的表達情意的方式。

　　我們可以這樣說，每一種文字都有它表達情意、記錄語言的功能，只是其功能有程度上的差異，有範圍上的不同而已。就拼音文字來說，它在記錄語言的「音」的功能上，比起表意文字的效果較佳，易言之，從拼音文字的字形，只要能認識該種文字的字母，就可以直

接讀出該字的「音」，但是在記錄語言的「意」的功能上，比起表意
文字的效果就差多了，除非是以該一種語言作母語，或是熟悉該一種
語言的人，否則便無法從該文字聯想其「意」。而且使用拼音文字的
語言很多是多音節的，這和表單音節語言的中國文字比較起來，雖然
在功能上難分軒輊，但卻由此而影響、產生不同的文化和文學。總之，
每一種文字都有其不同的功能，也各有其價值。

　　中國文字自然也有其記錄語言、表達情意的功能，只是記錄語
言的方式，以及表達情意的效果，與其他文字有所不同。下面從文字
的三要素—字形、字音、字義三方面分別說明。

一、從字音看中國文字的功能

　　從字音的角度來看，中國文字有以下四種功能：

（一）形聲字聲符記錄語言的功能

　　中國文字基本上分為六類，象形、指事、會意的部分，其記錄
語言的效果，就像拼音文字的「表意」一樣，有其缺陷，除非是以漢
語作為母語，或熟悉漢語的人，否則就無法從這部分的中國文字字形
上，讀出該一文字的「音」。例如「口」字是象形文，象一張口之形，
字形上可以得知「口」之義，但無法得知「口」（ㄎㄡˇ）之音。又
如「上」字是指事文，古文作「二」，以一長畫表示表面基點，一短
畫指明在上的部位，字形上可得知「上」之義，無法得知「上」（ㄕ
ㄤˋ）之音。又如「古」字是會意字，從十口會意，十口相傳便有長
久古老之義，字形上可以得知「古」之義，無法得知「古」（ㄍㄨˇ）
之音。這就是表意文字的一大缺陷，但中國文字中的「形聲字」，可
以彌補此一缺陷。形聲字由兩部分組合而成，其一是形符，其二是聲
符。形符表義，聲符表音。例如「江」字從水工聲，「水」是形符，
說明「江」字之義，「江」是水名。「工」是聲符，說明「江」字之
音，（關於形聲字聲符表音的問題，後面談到形聲釋例時再作說明。）

形聲字的聲符，就像今日國語注音符號一類的音標，在記錄語言的音，使我們能據以讀出該字的音。

　　拼音文字可以從字形得知其音，但也有它的條件，那就是必須先認識它用來表音的字母，同樣的，形聲字也可以從字形得知其音，但也有它的條件，那就是必須先認識它用來表音的聲符，特別是那些字形不帶聲符的無聲字----象形、指事、會意字。以《說文》一書而言，它收錄 9353 字，其中象形、指事、會意字的數量約一千字，認識這一千個用來表音的基礎字，便能讀出約八千個的形聲字之音，例如「尞」是會意字，音「ㄌㄧㄠˊ」，而下面的一系列從「尞」聲的形聲字：僚、嘹、嫽、寮、屪、憭、撩、潦、獠、燎、遼、療、簝、繚、鐐、鷯、膋、橑、窲、璙、墿、轑、憭、豂、簝、豂，都音「ㄌㄧㄠˊ」；又瞭、暸、醪、鄝，都音「ㄌㄧㄠˇ」；又顟、罺，都音「ㄌㄧㄠˋ」；又從「遼」聲的「蹘」，音「ㄌㄧㄠˊ」；又從「橑」聲的「轑」，從「獠」聲的「蟧」，都音「ㄌㄠˇ」。這些字的音，雖然有平聲、上聲、去聲之異，或有開口、齊齒（帶有介音「ㄧ」）之別，但都是後世的音變，造字之初，是以「尞」為聲符，應該和「尞」音相同的。由此看來，這些形聲字的聲符，和拼音文字以字母記錄語言的效能，是不相上下的。

　　形聲字聲符記錄語言的功能，細言之，又可分為如下兩種功能：

1、記錄古音的功能

　　語言是隨著時代而不斷在轉變的，古代的語言，有些毫無改變的保留到今天，如「天」字，國語音「ㄊㄧㄢ」，而宋代的韻書《廣韻》音「他前切」，也讀成「ㄊㄧㄢ」，今音與古音相同。

　　有些古語後來改變了它的「聲」（字音的發音），而保留了它的「韻」（字音的收音），如「罩」，《廣韻》音「都教切」，讀成「ㄅㄠˋ」，與國語音「ㄓㄠˋ」，韻同而聲異。又有些古語後來改

變了它的「韻」，而保留了它的「聲」，如「打」，《廣韻》音「德
冷切」，讀成「ㄉㄥˇ」，與國語音「ㄉㄚˇ」，聲同而韻異。還有
些古語後來連聲韻都改變了，如「鱠」字，《廣韻》音「古外切」，
讀成「ㄍㄨㄟˋ」，與國語音「ㄎㄨㄞˋ」，聲韻皆異。

　　古代的語言既然與今音有如此的差異，而古代又沒有錄音的設
備，先人是如何把某字當時的語音記錄下來的呢？根據古書的記載，
漢朝的人使用「直音」的方法，也就是直接用一個與此字同音的字去
注它的音。直音注音的方式有二，其一是「音某」，其二是「讀若某」
或「讀如某」。前者出現晚，例如南朝梁、顧野王撰《玉篇》：「佫、
音刑。《記》：佫者成也。」漢代多用後者，如《說文》：「屮、艸木初生
也。……讀若徹。」到了魏、晉，才使用「反切」，以「某某翻」、
「某某反」、「某某切」的方式來記錄某字的音，前一個字記錄某字
的「聲」，後一字記錄某字的「韻」，二者合起來，便是某字的全音。
例如「天」字，《廣韻》音「他前切」，「他」即在記錄「天」字的
「聲」，「天」、「他」二字的發音相同，相當國語注音符號的「ㄊ」。
「前」即在記錄「天」字的「韻」，「天」、「前」二字的收音相同，
相當國語注音符號的「ㄧㄢ」，「他」、「前」二者合起來，即是「天」
字的語音，今讀成「ㄊㄧㄢ」。

　　然而在魏晉之時，有韻書可以用「反切」來注音；漢代有《說
文》等字書，可以用「讀若某」、「讀如某」等直音方式來注音。漢代
之前，既沒有字書，又沒有韻書，那時的人用什麼方法來記錄語言，
來標注某字的音呢？那就只有利用文字本身的特有功能了。中國文字
中的象形、指事、會意字，文字本身不顯示音，所以記錄語言中的
「音」的功能可以說完全看不出，而形聲字的聲符，即是造字者用來
顯示此字之音的，亦即用來記錄此字的語言之音。什麼時候造的字，就
記錄什麼時候的語言；什麼地方造的字，就記錄什麼地方的語言。

　　從形聲字的聲符表音的情形來看，有的聲符和今音（以國語爲依準）相同，例如「湖」字，聲符「胡」與形聲字「湖」同音，所表的音都是「ㄏㄨˊ」，這就是古音尚未改變，而保留在今音的例子，換言之，聲符「胡」記錄了「湖」的古音，也記錄了「湖」字的今音。有些形聲字的聲符與今音不同，例如「鱷」與「鯨」是一字的異體，它的聲符「畺」是「疆」的古文，所表的「ㄐㄧㄤ」音是它的古音；「鯨」的聲符「京」，與「鯨」同音，所表的音都是「ㄐㄧㄥ」，這也是古音。「鱷」、「鯨」二字是一字的異體，而「ㄐㄧㄤ」、「ㄐㄧㄥ」二音卻聲同而韻異，這是因爲「鱷」、「鯨」二字是不同的人、不同的時代、不同的地方造出的，各自用不同的聲符記錄造字當時、當地的語言，後來才歸併爲一個音「ㄐㄧㄥ」，於是就「鱷」字來說，聲符「畺」，記錄了古音，而未能表現出今音；就「鯨」字來說，聲符「京」記錄了古音，也表現出今音。

　　又如「常」與「裳」是一字的異體，聲符「尙」記錄「常」、「裳」二字的古音，《廣韻》二字並音「市羊切」，讀成「ㄔㄤˊ」，而《廣韻》「尙」字音有「市羊切」、「時亮切」二音，前者與「常」、「裳」二字同音，讀成「ㄔㄤˊ」；後者則讀成「ㄕㄤˋ」。以今音來看，「裳」、「常」並音「ㄔㄤˊ」，「裳」又讀「ㄕㄤ」，「常」音「ㄔㄤˊ」，與「市羊切」同音，「尙」音「ㄕㄤˋ」，與「時亮切」同音。從造字角度來看，「常」、「裳」二字都用「尙」字來記錄它們的語言上的音，換言之，「常」、「裳」二字與「尙」同音。今以《廣韻》來比對，「尙」、「常」、「裳」三字並音「市羊切」，是合乎此條件的，至於「尙」的另一音「時亮切」，便與「常」、「裳」二字的音不同了。但是如以今音來比對，「尙」只有「ㄕㄤˋ」一音，與「裳」的又讀「ㄕㄤ」聲韻俱同而平聲、去聲略有差異，而與「常」音不同。由此可見，造字時以「尙」爲「常」、「裳」二字的聲符，當時三字

是同音的，到了宋代，語言有了變化，三字的音便不能全等了，而是「常」、「裳」並與「尙」字二音中的一音相同；到了今天，語言又有了變化，卻是「尙」與「裳」的又讀幾乎同音，而與「常」音不同。不論如何，作為聲符的「尙」字，具有記錄古音的功能是肯定的。

2、記錄方言的功能

語言除了古今音變之外，尙有地區性的方言異讀。一個字的音，在各地方言中，往往有很大的差異。形聲字的聲符也記錄了方言。前面說過，文字的功能在記錄語言，造字的人大致上在記錄自己所用的語言，而造字者不限於一個地區，所以造出的字也自然南腔北調無所不包了。這種情形，從形聲字的聲符能明顯地看出來。例如《說文》中收錄了一些依據方言造出的字：

「咺、朝鮮謂兒泣不止曰咺。從口亘聲。」這是朝鮮地區造的字，聲符「亘」所記錄的音，自然是朝鮮的方言。

「唴、秦晉謂兒泣不止曰唴。從口羌聲。」這是秦晉（今山西、陝西一帶）地區所造的字，聲符「羌」所記錄的音，是秦晉方言。

「夥、齊謂多也。從多果聲。」這是齊（今山東東部及北部）地所造的字，聲符「果」所記錄的音，是齊地的方言。

其實不只是形聲字才有方言造字的現象，其他象形、指事、會意字，也都有方言造字的例子，如《說文》：「爨、齊謂炊爨。」這是齊地所造的字，其他地區，炊事之義在語言上音「ㄔㄨㄟ」，據此語言造出的字作「炊」，從火吹省聲。聲符「吹」既記錄它的音「ㄔㄨㄟ」，又表示「炊」是「用口吹火，以助燃燒」之義。至於齊地，炊事之義在語言上音「ㄘㄨㄢ」，造出的字作「爨」，以「臼」表二手，以「冂」表飯鍋，以「冂」表灶口，以「艸」表二手，以「林」表木柴，以「火」表燃燒。幾部份會合起來，便得出「燃燒木柴炊飯」之義，這在六書屬會意字。在字形上看不出讀「ㄘㄨㄢ」音的線索，

但卻是方言造字的一例。這些據方言造出的字,當然在記錄所依據的方言,這是沒有疑問的,只是形聲字可以透過聲符得知所記錄的方言,而象形、指事、會意字則無法從字形上得知。

（二）單音節的對稱功能

中國語言是單音節語言,中國文字記錄的也是單音節的音,這種單音節的文字,一字一音、一音一義,最容易形成對稱的關係。譬如一個平聲的字,可以和一個仄聲(上聲、去聲、入聲)的字對稱,像「風」與「雪」相對即是。當然以一個平聲字與另一個平聲字相對,也是可以的,如「日」與「月」相對即是。但是以藝術的角度來看,兩個仄聲字相對,在聲音上就感覺稍為單調了些,一個平聲字與一個仄聲字相對,便覺得多一些變化,尤其在講究聲律變化的古典詩更是重視這一點。

這種對稱關係,尤其是音的對稱,在多音節文字是不容易做到的。而這種對稱關係的形成,對中國文學的發展,產生極大的影響,最明顯的就是詩、詞、曲等韻文體裁的形成,以及那些變化多端卻又嚴謹不苟格律的推出。例如近體詩的平仄各有定式,詩中間二聯必須兩兩對仗;又如詞、曲也都各有它們平仄的定式,凡此都與音的對稱有關。就以杜甫的〈春望〉詩來說:

> 國破山河在,城春草木深。
> 感時花濺淚,恨別鳥驚心。
> 烽火連三月,家書抵萬金。
> 白頭搔更短,渾欲不勝簪。

這是一首「仄起式」的五言律詩,它的平仄定式是:

> 仄仄平平仄,平平仄仄平。
> 平平平仄仄,仄仄仄平平。
> 仄仄平平仄,平平仄仄平。

　　　　平平平仄仄，仄仄仄平平。

　　全詩除三句「感」屬仄聲，五句「烽」屬平聲，七句「白」屬
仄聲，八句「渾」屬平聲，似與定式不合外，其他各字的平仄都合定
式。而「感」、「烽」、「白」、「渾」諸字，都是每句的首字，只
要不犯「孤平」的忌，是可平可仄的。此外，此詩首聯、頷聯、頸聯
都是兩兩相對，杜甫這首詩可說是平仄調和，對仗工整。中國古典詩
所以在平仄、對仗上能做到如此的和諧工整，最主要是要歸功於中國
文字單音節的特質。試想，在多音節的語文中，可能是上句的首字為
多音節，而下一句的首字為三音節，如此怎能形成平仄的調和，對仗
的工整呢？中國文字單音節的特質，也就使它具備了對稱的功能。

（三）假借表義的功能

　　「假借」是中國文字特有的現象，在造字之初，為數甚少，而
所要表達的義卻是無窮，於是發生文字不敷使用的窘境，「假借」也
就因應而生。所謂假借，即是借用。某一個在語言上存在的「義」，
但尚未為這個「義」造出字來，於是借用另一個已經造出的文字，把
此「義」寄託在借用的文字上，來表達情意，這就是「假借」。假借
是有條件的，必須以「音」作為媒介，也就是說，所要表達之義的「音」
與所要借用的字之「音」，必須彼此要有聲音上的關係，或是同音、
或是雙聲（彼此聲相同）、或是疊韻（彼此韻相同），才能達成假借。

　　例如語言上有一個音「ㄨ」而表示「感嘆」的義，由於此義過
為抽象，在造字上有困難，所以一直未曾造出字來，另外有一個在語
言上音也為「ㄨ」，而為「烏鴉」的「義」，由於「烏鴉」是實物，
形象容易掌握，在造字上沒有困難，於是造出「烏」字。義為「感嘆」
而音為「ㄨ」的「義」，雖然未造出字來，在使用文字來表達情意時，
便可透過「ㄨ」音作為橋樑，而借用同音的「烏」字來表達「感嘆」
的義，這種假借，是所要表達之義尚未造出本字，稱為「無本字假借」，

《說文‧敘》說：「假借者，本無其字，依聲託事。」即是指這類假借而言。

　　有的時候，語言上的某一個「義」，已經造出了字，但是由於某些原因，在用文字表達情意時，還是會用「假借」的方式，而不用原來已造的本字，例如「強」字，《說文》解釋其本義爲「蚚」，是一種蛀米蟲，字從虫弘聲。又有另一個「彊」字，《說文》解釋其本義是「弓有力」，引伸爲一切有力之義，字從弓畺聲。今天，有力之義都作「強」，很少用「彊」字，而「強」字的本義「蚚」，也沒人用，少人知了。造字時，「強」用聲符「弘」來表音，「彊」用聲符「畺」來表音，《廣韻》「強」、「彊」二字並音「巨良切」，讀成「ㄑㄧㄤˊ」。而「弘」音「胡肱切」，讀成「ㄏㄨㄥˊ」；「畺」（彊的古文）音「居良切」，讀成「ㄐㄧㄤ」。以古音、今音來說，「弘」、「畺」二字都是韻近，合乎「假借」倚聲的條件。這類假借與上述「無本字」的情形不同，它已先造出本字，再借用另一個音同或音近的字來表達「有力」之義，由於已先有本字，所以一般稱之爲「有本字假借」，或「同音通假」。不論是「無本字假借」，或是「有本字假借」，都是以「音」作爲橋樑，所以中國文字在音的方面，也就具備了一種假借表義的功能。

（四）轉注造字的功能

　　前面說過，語言有古今之變、地區之別。往往某一時代或地區造出的字，流傳到另一個時代或地區，由於彼此語言的不同，而在使用上會感到許多不便。爲了溝通彼此語言的隔閡，使得此一文字在使用上會更爲方便，我們的祖先發明了一種方法，即在原有的文字上加添一些與本地或當時語言同音的聲符，而另外造出一個新字來，這種情形，就如同英語有些字的發音特殊，爲了使不諳此種語言的外國人，能正確而方便的從字形上得到此字的音讀，便在字後加上國際音標、

或韋氏音標一樣。所不同的是，英語字與加上的音標是分開的，各自
獨立的，而中國文字所加上的聲符，卻與原有的文字是結合在一起而
分不開的，這種在字上加添聲符而另造新字的方法，即是六書的「轉
注」。（轉注的情形很複雜，這只是其中的一種，下文「轉注釋例」
再作詳論。）

　　譬如「多」字表示「眾多」之義，字从二夕會意，一夕連一夕，
表示時間的延續眾多，引伸爲一切眾多之義。「多」字《廣韻》音「得
何切」，讀成「ㄉㄨㄛ」，今音也是如此。但是《說文》提供一個信
息，說：「夥、齊謂多也。从多果聲。」「夥」是齊地造的方言字，
今日寫作「夥」是它的後起俗字，《廣韻》有「夥」字，音「胡果切」，
本屬上聲，而讀成去聲「ㄏㄨㄛˋ」，與「禍」同音，今音「ㄏㄨㄛ
ˇ」，也是上聲。《廣韻》解釋說：「楚人云多也。」與《說文》「齊
謂多也」的說法相近，都以爲方言造字。齊地方言與其他地區不同，
其他地區「眾多」之義的音爲「ㄉㄨㄛ」，而齊地音爲「ㄏㄨㄛˋ」
或「ㄏㄨㄛˇ」（漢代齊地的方言與今日山東方言未必相同，實際的
音值已無法擬估），爲了調適齊地的方言，齊人在「多」字上加上「果」
作爲聲符，以記錄「多」字的齊音，而造出另一個新字「夥」。「夥」
是依據母字「多」再加「果」聲而造成的，換言之，「夥」是由「多」
字轉注而來的。《說文‧敘》說：「轉注者、建類一首，同意相受，
考老是也。」所謂「建類」的「類」，就是指聲類，這與「假借」所
講求的「倚聲託事」，有點類似。「建類」、「倚聲」都是關乎聲音，
所以轉注也是以「音」爲媒介的，或是同音、或是雙聲、或是疊韻，
《說文‧敘》所舉的「考、老」之例，便是疊韻的轉注。我們比較「多」
字音「ㄉㄨㄛ」、「夥」字音「ㄏㄨㄛˇ」，二字也是疊韻。轉注既
以「音」爲媒介，所以中國文字在音方面，也就具備了一項轉注造字
的功能。

二、從字義看中國文字的功能

從字義的角度來看，中國文字有以下六種功能：

（一）直觀式的表義功能

任何一種文字，都需要具備字形、字義、字音等三種要素。在字義方面，中國文字具有與拼音文字迥異的特色，那就是字義與字形的密切配合。前面提到，中國文字屬於形系文字，它表義的方式是以形表義，也就是從字形上可以得到字義的聯想關係。我們只要看清此字的形構，即可聯想到此字的字義。從字形聯想字義也有不同的過程，有些字形是象實物的形狀，聯想的過程是主要經由眼睛的感官反應；有些字是表抽象意念，聯想的過程比較複雜，雖然也是經由眼睛的感官反應，但是主要是從內心的體會。教育學家把經由感官作用而直接獲得外物的知識，稱作直觀。那末，前者那種主要經由眼睛的感官作用而直接從字形獲得字義的方式，也可稱為直觀式的表義。

例如「人」字，篆文作「ᄾ」，象一個人側面站立的形狀，我們看到字形，便能看出是一個側立的人形，也就獲得「人」字之義。這是經由眼睛的感官作用而獲得。一般來說，直觀式表義的文字，其字形多半象實物的形體，以六書來說多半是象形文。當初造此字的人，也就是看到側立的人形，因而得到造「人」字的靈感，據此所見側立人形而造出「人」字。至於《論語·顏淵》：「己所不欲，勿施於人。」此「人」字指別人之義，與己對稱；《史記·平準書》：「人給家足。」此「人」字指所有的人；《尚書·堯典》：「敬授人時。」此「人」字指百姓；《詩經·瞻仰》：「人之云亡，邦國殄瘁。」此「人」字指賢者；《禮記·中庸》：「善繼人之志。」此「人」字指先人；還有果實的心稱「人」，姓氏中有「人」姓，古代國家有「人」方，這些義都不是經由眼睛直接從字形上得知，而是「人」字的引伸義或假借義，都不能稱作「人」字的直觀式的表義功能。

有些會意字也是以直觀式表義的，例如「杲」字，從日木會意，字形上就見「日」在「木」上，看到「杲」字，就呈現一幅太陽升到樹頂上的畫面，自然得到「明亮」之義了。從「杲」的字形來看，我們可以說它是一幅文字畫，這也是主要直接由眼睛的感官作用來得知其義，也是直觀式表義的一種方式。

（二）直覺式的表義功能

直覺式的表義方式與直觀式的表義方式很類似，都是從字形上得知其字義，所不同的，直觀式的表義方式，所表的是實物的義，實物有實形可見，見其形而知其為何物，也就知其為何義，主要的過程都是經由眼睛的感官作用。至於直覺式的表義方式，所表的義往往是一個比較抽象的意念、或是一個動作，無實形可見，要從心中去體會、去感覺，才能得知此字的字義，以六書來說，多半是指事文、會意字，以及一部分形聲字。

例如「上」字，古文作「二」，這是一個指事文。眼睛看到的是一長橫畫在下，一短橫畫在上，這樣的字形不如上述的「人」字、「杲」字有實形可見那樣的具體真實，還需要從內心去琢磨、比對，那一長畫是表示某一個平面或基準點，另一短畫表示在長畫的上面，經過如此的體會，才得知「上」字是在上面的意思。又如「老」字，篆文作「耂」，這是一個會意字。眼睛看到的是「人」、「毛」、「匕」（變化的本字）三部分組合的字形，還需要從心中去整合，人的毛髮發生變化，由黑色變成白色，這才得知「老」字是年老的意思。又如「征」字，與「征」字是一字的異體，這是一個形聲字，眼睛看到的是「辵」、「正」二部分組合而成的字形，還需要從心中去整合，「辵」義為乍行乍止（見《說文》），是表示一種行動；「正」義為是，表示正確無誤之義；這才得知「征」字是正當行為之義（《說文》：「正行也。」）。

　　形聲字的聲符除了表音之外，有些聲符也兼表義，聲符兼表義的形聲字，與會意字很相近，所不同的是，會意字的組成分子完全不表音，與會意字本身沒有聲音的關係；而形聲字的聲符表義之外，又表音，與形聲字本身有聲音的關係。「正」與「証」有聲音關係，是聲符，《說文》說它从辵正聲，段玉裁注說：「形聲包會意。」即謂「征」所从的「正」字是聲符，具有表音的功能，也是意符，又具有表義的功能。至於「上」字有皇帝、右方、尊長、教讀、登升、進呈等義，「老」字有尊長、姓氏等義，「征」字有遠行、強取、徵收等義，都是它的引伸義、或假借義，並不是從字形上聯想而得知的，不屬於直覺式表義的範圍。

（三）綱要式的表義功能

　　上述直觀式、直覺式的表義功能，或是經由目視而見到此一字形所描繪的某一實物的全形，從而得知此一文字的全義；或是經由內心的省思，體會到此一字形所表示的涵義、或此一字形所包含的組織結構，從而得知此一文字的全義。如「人」字呈現側立人形的全形，從而得知「人」字的全義，這是直觀式的表義。又如「上」字，是從內心去分析、思考此一長畫、一短畫所表示的涵義，從而得知「上」字的全義；「杲」字、「征」字是從心中去分析、比較「日」與「木」，「辵」與「正」的組織結構，從而得知「杲」、「征」二字的全義。

　　綱要式的表義方式，在字形上並不籠罩全形，所以經由字形也未能呈現此一文字的全義，只是以綱舉目張的方式，指涉字形的大概、呈現字義的片面，以六書來說，多半是聲符不表義的形聲字。如「橙」字是形聲字，從木登聲，「木」是形符，有表義作用；「登」是聲符，有表音作用。從「橙」的字形上看，所指涉的就只有如此一個梗概印象。至於從字義上看，聲符「登」完全不表義，而形符「木」，只表示了類別義，得知它屬於樹木的一類，是何種樹，就不得而知了。如

此經由「橙」字，不論字形或是字義，都只能得其大概，所以稱爲綱要式的表義方式。

（四）枝蔓式的表義功能

中國文字在字義方面，有本義、引伸義、比擬義和假借義。本義只有一個，是造字時的原始義、根本義，可以由字形而得知。引伸義是從本義擴大推廣而來，在理論上說，一個字可以沒有引伸義，也可以有無窮的引伸義，這要看此字在造出之後使用的情形來決定，如果此字造出後很少流通使用，就可能沒有或很少引伸義，假如此字造出後廣爲流通，常被人使用，就可能有很多引伸義。

如果把文字比喻成一棵樹，那麼本義就好比是樹幹，樹幹只有一根，本義也只有一個，而引伸義就好比是樹枝，可以從樹幹孳生繁衍，所以引伸義也就可能不只一個，孳衍無窮，就因爲如此，引伸義也可稱爲枝蔓式的表義方式。樹枝不僅可以從樹幹孳生，也可以從樹枝再衍生，所以引伸義也就有等級上的區分，直接從樹幹本義衍生的，稱爲一級引伸義，其次從樹枝一級引伸義再衍生的，稱爲二級引伸義，以此類推，以至於二級、三級、四級乃至無限級引伸義。試以「林」字爲例：

《說文》：「林、平土有叢木曰林，从二木。」林字从二木會意，表示樹木之多，叢生在平地的樹木就是林字的本義，這是造字者造字時所依據的原始義。由此本義而引伸，就有如下的引伸義：

1、山上的樹木。《詩經・邶風・擊鼓》：「于林之下。」《毛傳》：「山木曰林。」即取此義。

2、叢生的草。陸機〈招隱詩〉：「激楚佇蘭林。」即取此義。

3、叢生的竹。《晉書・嵇康傳》：「遂爲林之游。」即取此義。

4、野外、郊外。《爾雅・釋地》：「野外謂之林。」即取此義。

5、故鄉。張說〈和魏僕射還鄉詩〉：「富貴還鄉國，光華滿舊

林。」即取此義。

6、人物的聚集。《漢書·司馬遷傳》：「列於君子之林。」即取此義。

7、事物的聚集。《史記·高祖功臣侯者年表序》：「亦當世得失之林也。」即取此義。

以上七義，都由本義平地叢生的樹木引伸而來，是為一級引伸義。

8、眾多。《廣雅·釋詁》：「林，眾也。」即取此義。

9、山野隱居的處所。《高僧傳·竺僧朗》：「與隱士張忠為林下之契。」即取此義。

以上二義，是由一級引伸義而推廣，是為二級引伸義。

10、國君。《爾雅·釋詁》：「林，君也。」即取此義。

11、繁盛。《詩經·小雅·賓之初筵》：「百禮既至，有壬有林。」《集傳》：「林，盛也。」即取此義。

以上二義，10 義由 8 義引伸而來，國君是眾人擁戴的人，所以「林」可釋為君。11 義亦由 8 義推廣而來，事物眾多自然就繁盛，所以「林」可釋為繁盛。二義都是由二級引伸義而推廣，是為三級引伸義。

由上所舉之例，可以看出由一字的本義孳生出無窮的引伸義，這就像樹幹而孳生樹枝，大樹枝又孳生出小樹枝的情形一樣，所以稱為枝蔓式的表義方式。

（五）接枝式的表義功能

中國文字在字義方面，除了本義、引伸義之外，還有假借義。假借義是由他字或他義，藉由聲音作為媒介而借用過來的。園藝學家把品質優良的植物枝條，接在劣等的枝條上，使之變種改良的方法，稱為接枝法。假借義是由他字、他義借來，其表義的方式，如同植物的接枝，故可稱為接枝式的表義。假借的表義，又可分為有本字假借與無本字假借兩種情形：

1、本有其字的假借

此類假借各有本字，因聲音相同或相近，而相互借用、或單向借用。又叫做同音通假。例如「杜」字本義是「甘棠」，是一種植物的名稱，又叫做棠梨。又「斁」字的本義是關閉。《廣韻》「杜」、「斁」二字並音「徒古切」，讀成「ㄉㄨˋ」，所以古人就借本義為甘棠的「杜」字，代替「斁」字，於是「杜」字在甘棠的本義之外，又新增了關閉之義，此關閉之義便是從「斁」字假借而來的，對「杜」字而言，就是假借義，如同把「斁」的枝條接在「杜」的樹幹上，讓它在「杜」樹上繼續生長，這就是接枝式表義的方式。《詩經・唐風・杕杜》：「有杕之杜，其葉湑湑。」《毛傳》：「杜，赤棠也。」這是「杜」的本義。《國語・晉語》：「狐突杜門不出。」杜門就是閉門，就是隱居不出門的意思，這是「杜」的假借義。

換言之，對「關閉」之義而言，「斁」是本字，「杜」是假借字。如今閉門之義作「杜門」，而不作「斁門」；甘棠之義作「杜」，而無作「斁」，這就是單向借用的假借。又如「倡」字的本義是歌唱，「唱」字的本義是倡導，「倡」、「唱」二字同音，所以古人就借唱導的「唱」字代替歌倡的「倡」字；也借歌倡的「倡」字代替唱導的「唱」字。所以今天歌倡之義用「唱」字，唱導之義用「倡」，就是古人假借的結果，這是相互借用的假借。

2、本無其字的假借

此類假借與前者不同，前者各有本字，是以此字代他字，也就是此字的假借義由他字假借而來，此字是假借字，他字是本字。此類假借則是只在語言上有某一個義，而尚未為此義造出字來，於是利用聲音作為媒介，而將此義寄託在另一聲音相同或相近的文字上表達出來，所以只能說是借他字來表達此義，也就是假借義由他義假借而來，他義尚未造字，也就是沒有本字，此即《說文・敘》所說的「本無其

字，依聲託事」。

　　例如「則」字本義是均等畫分財物，引伸爲法則、規則之義，至於作爲連詞的「然則」、「雖則」中的「則」字，只是在語言上有音爲「ㄗㄜˊ」，而作爲連詞的義，但並未爲此義造出字來，而「等畫物」的義卻已造出字來，即从刀貝會意的「則」字，（从「刀」表示畫分之義，从「貝」，表示財物之義，「貝」本義是「海介蟲」，是一種海生的蚌類動物，古代用它的外殼作爲貨幣，所以引伸有財物之義。）也音「ㄗㄜˊ」，就憑藉這同音的條件，「連詞」之義便寄託等畫物的「則」字的字形而表達出來。這是借「等畫物」的「則」，表達「然則」、「雖則」之義，換言之，「然則」、「雖則」之義，對「則」字而言，是外來的，既不是它的本義，也不是引伸義、比擬義，而是從外借來的假借義，就如同把「連詞」的枝條，接在「等畫物」的樹幹上一樣。但是「連詞」之義，只有在語言上有它的音、義，沒有它的形體，也就沒有它的本字，所以這種假借，稱作本無其字的假借，這種表義的方式，也是接枝式表義的一種方式。

（六）薪傳式的表義功能

　　中國文字在造字之時就同時賦予它一個本義，其後在用字之時，又產生引伸義、比擬義、假借義。有些字在引伸義、比擬義、假借義產生之後，本義不受影響，與引伸義、比擬義、假借義等同樣通行；有些字則不然，本義會被引伸義、比擬義、或假借義所壓過，使得本義逐漸少用，甚至消失不用。爲了避免本義的淡化或消失，古人有一種特殊的保存本義的方法，就是設法爲這被引伸義等侵佔的文字另造一個後起字，而把這種被引伸義等擠壓而有消失可能的本義，保存在由此字所孳生的另一個後起字上，這就如同薪火相傳，老師雖已去世，而道術卻已由學生承接而遞相傳授不絕，這種表義的方式，可以稱之爲薪傳式的表義。

例如「告」字，本義是禱告，从牛从口會意。从牛，表示祭祀用牛作犧牲；从口，表示用口祈禱。後來「告」字引伸爲控告、報告、警告、告訴等義，而本義「禱告」，反而有漸被凌越、取代的情勢，所以又由「告」字加「示」旁，表示與鬼神有關之事，而孳生出从示告聲的「祰」字，來保存「禱告」的本義。「祰」是「告」的後起字，是由「告」字孳生出來的，有些學者稱之爲轉注，（有關轉注的說法，各家紛紜，後面再作詳論。）這是由引伸而轉注。

又如「氣」字，本義是饋客的芻米，从米气聲。从米，表示芻米之義；气聲是記錄「氣」字的語音。後來本義爲雲气的「气」字，借「氣」字來代替，「氣」字因而新增雲气、空气等假借義，芻米本義反而有被凌越的情勢，所以又由「氣」字加「食」旁，表示米食之義，而孳生出从食氣聲的「餼」字，來保存「饋客芻米」的本義。「餼」是「氣」的後起字，是由「氣」字孳生出來的，這是由假借而轉注。《說文・敍》說：「轉注者，建類一首，同意相受。」「一首」，指的就是母字，也就是本義被凌越的本字。「同意相受」，指的是把本義傳授給孳生出的後起字。即謂由轉注方式而造出的後起字，其本義即由它的母字傳授而來。以上述的二例來說，「祰」字「禱告」之義，是由母字「告」傳授而來。「餼」字「饋客芻米」之義，是由母字「氣」傳授而來。這有如師徒相授，薪火相傳一般，屬於薪傳式的表義方式。

三、從字形看中國文字的功能

從字形的角度來看，中國文字有如下三種功能：

（一）線條組合的表義功能

《說文・敍》說：「倉頡之初作書，蓋依類象形，故謂之文，其後形聲相益，即謂之字。」許慎將中國文字分爲「文」和「字」兩大類。「文」先有而「字」後有。「文」是依類象形，而「字」是形

聲相益的。《說文》又說:「文,錯畫也。」交錯構成的筆畫,也就是由線條組合的文字就叫做「文」。中國文字早期都是由線條組合而成,由線條組成的字形來表達字義,這是形系文字的特質,前面已說過。線條表義的方式可分為二種:

1、描繪物體外形以表義

用線條描繪物體的外形來表明某字之義,這是線條的實體化。例如「人」字,篆文作「ㄏ」,用「丿」和「乀」兩種線條組合起來描繪人側立的形體,來表達「人」字的義。「丿」和「乀」這兩種線條都是圖象,象實體之形,如此造出文字的方法,古人謂之象形。此類文字謂之象形文。

2、顯示意念以表義

用線條顯示意念的內涵來表明某字之義,這是線條的符號化。例如「上」字,古文作「ニ」,用「﹣」和「━」兩種線條組合起來顯示在上之義,下一長橫畫表示某一平面、或基準點,上一短橫畫指明在長畫的上面部位,「﹣」和「━ 」都是符號,表意念的虛象,如此造出文字的方法,古人謂之指事。此類文字謂之指事文。

由上可知,象形文、指事文都是由線條組成,皆屬於「文」的範圍。

（二）文字組合的表義功能

《說文‧敘》說:「其後形聲相益,即謂之字。」「字」是後有的,是由「文」相益而成的。「說文」又說:「字、乳也。」段玉裁注說:「人及鳥生子曰乳。」母親生孩子叫做「字」,由「文」產生的文字也叫做「字」。中國文字先有象形、指事之「文」,後來再由象形、指事之文孳乳產生「字」,也就是由文字組合來形成新字。這種由文字組合新字來表義的方式有二:

1、形與形相益以表義

　　此種表義的方式，是由一個形符與另一個形符互相附益結合成為一個新的文字，在新字中，這兩個形符互相結合起來表達新字的義。例如「武」字，篆文作「𢧌」，是由「止」、「戈」二文組合而成。「止」象一隻腳掌的形狀，是象形文，它的本義是足趾，引伸為阻止之義：「戈」象一種有長柄武器的形狀，也是象形文，本義就是一種武器的名稱，引伸為戰事之義。如此「止」、「戈」兩個象形文組合成另一個「武」字：主持正義、止息戰爭，這是「武」字的本義，是由「止」的阻止義，與「戈」的戰事義組合起來而表達出來的。在「武」字來說，「止」和「戈」都是「形符」，「形符」與「形符」組合，這是文字組合的表義方式之一。

2、形與聲相益以表義

　　此種表義方式是由一個形符與另一個聲符相結合來表達新字的義。例如「江」字是由「水」、「工」二文組合而成。「水」象水流動上有水波的形狀，是象形文，水流是它的本義；「工」依《說文》是象一種畫直線的尺，也是象形文，矩尺是它的本義。「江」的本義是一種水的名稱，即是現今所稱的「長江」。就「江」字來說，「水」是「形符」，是表義的，表示水名之義；「工」是「聲符」，是表音的，並不表義。「形符」與「聲符」組合，這是文字組合的表義之二。

　　就《說文‧敘》所說「形聲相益即謂之字」來考量，除了形與形相益、形與聲相益之外，應該還有聲與聲相益的可能，只是目前在中國文字中，尚未發現有聲與聲相益來表義的例子。倒是在音系文字中，由於是用字母結合來造字，聲與聲相益卻是必然的現象，可是那是表音的方式，不是表義的方式。

（三）象徵比擬的表義功能

　　修辭學上有所謂「比擬」的修辭技巧，「比擬」又稱「比喻」，是把類似的事物相比附，例如以香草比喻君子，以撒鹽空中比喻白雪

紛紛等皆是。文字學上也有「比擬」的運用，但與修辭的「比擬」略有不同，修辭的比喻著重在兩件事物之間性質、意義的相關性，而文字學上的「比擬」則著重在事物形體與文字形體之間的相關性。

　　蔡信發先生在〈比擬義析論〉一文中說：「所謂比擬義，即比喻義，是由某字形體比擬而產生的意義。」例如「登」字，《說文》解釋它的本義是上車，解釋它的字形結構說：「从癶，豆象登車形。」許慎把它說為會意字，「癶」是兩足向左右兩邊撇開，即一般所稱八字腳，引伸為足部的動作，上車自然要用兩腳，「豆」是一種頸部很細的食肉器，許慎知道此與上車之義無關，所以補充說：「象登車形。」古代車廂很高，上車時，腳下要藉一塊墊腳的物體，「豆」字的形體和墊腳的物體很相類，許慎所說「象登車形」，即是說象登車的墊腳物，這是從文字的形體聯想到事物的形體，稱為比擬義。就「登」字來說，由「癶」、「豆」二文字所組合，『癶』取其引伸義，而「豆」取其比擬義，這是象徵比擬的表義方式，與前述形與形相益以表義的方式不同。

　　此外如書法、篆刻也都是著重在字形，也可以說是中國文字的功能，只是那種功能屬於藝術方面，此處不加討論。

第二節　中國文字的價值

　　中國文字從字形、字音、字義三方面來看，有上述許多的功能，由於這些功能，使得中國文字具有下述四點價值：

一、亙古一貫，免於斷層

　　前面談到中國文字的特質時，曾提出古今的一貫是中國文字特質的最重要的一點。幾千年前刻在甲骨上或鑄在鐘鼎上的古文字，在

今天仍然活生生的爲今人所熟知，爲今人所使用。因爲古文字那種線
條組合以表義和文字以表義的功能，仍然保存在今日使用的楷體中。
雖楷體的筆畫、筆勢比起古文字來有了改變，曲筆變直了，點變成了
短畫，直筆變成了挑起，但是文字的結構仍然沒有變化。就以下面一
件銅器—「新郪虎符」上的文字爲例，器上的銘文是：

寫成楷體則是：

　　　　甲兵之符，右才（在）王，左才

　　　　新郪。凡興士被甲用兵五十

　　　　人以上，　會王符乃敢行

　　　　之。燔隊（燧）事，雖母（毋）會符，行殹。

兩相對照之下，幾千年前的古文字，和現今使用的文字並沒有太大的
差距，古人使用的這些古文字，今人使用起來並沒有太大的困難。如
果能起古人於地下的話，相信今日我們使用的楷體，古人使用起來也
不會有太大的問題。亙古一貫，使古今文字沒有斷層，始終保持它表

意文字的本質，這是中國文字的價值之一。

二、生生不息，孳乳無窮

巴比倫、亞述的楔形文字，埃及的聖書字，已成為歷史的陳跡，它們有些是隨著國家的滅亡而消失，有些很幸運地流傳了下來。從這些文字中，可以發現主要是以線條表義的，以有限的線條表達無窮的事物之義，難免到達山窮水盡的地步，於是它們無以為繼，只好放棄而改用另一種型態的文字了。中國文字在象形、指事部分也是以線條表義的，到了後來也會到達困乏的地步。然而我們的先人卻想出了以文字組合來表義的方法，突破了線條表義的極限，又保持了以形表義的本質，使到中國文字不但能亙古一貫，又能生生不息繁衍下去。

使得中國文字能夠孳生無窮的，除了以文字組合產生新文字之外，還有一種使中國文字得以生生不息的方法，那就是轉注。前面提到，轉注是一種薪傳式的表義方式，是一種利用原有的母字另造出新字方法。拼音文字也有在某一字根前冠以字首、或在某一字後附以字尾而成另一新字的情形，譬如在形容詞前冠以表示否定的字首，或在形容詞後附以表示副詞的字尾，但這些冠以字首、附以字尾所形成的字，在字義、字音上已有了變化，成為另一個新字。而中國文字經由轉注所造出的字，字義、字音都從母字傳授而來，在字形上雖然與母字略有不同，但是字義、字音卻是與母字相同，仍然與母字是同一個字，也就是一字的異體。如此每一母字可孳生出許多後起字，使得中國文字得以生生不息。要之，生生不息、孳乳無窮是中國文字價值之二。

三、節制約束，免於泛濫

中國文字既然生生不息，如果如此無限度讓它孳乳下去，豈不到了泛濫無窮的地步？這樣一來，要認識、使用中國文字，豈不是難上加難？事實上不然，從漢代許慎所撰的《說文》收字 9353，到清

初編的《康熙字典》收字 49030，並沒有達到孳生無窮的地步。這是因為中國文字另有一種節制文字無限度膨脹的方法，那就是假借。假借可以透過聲音作為媒介，而把「義」寄託在另一個音同或音近的文字上表達出來，所以不必每一個語言上存在的「義」都要造出字來，卻依然可以發揮記錄語言、表情達意的作用。這樣，「義」不虞無以表達，而「字」不虞孳生無窮。這種對文字產生節制約束、免於泛濫的功能，是中國文字的價值之三。

四、方正均勻，美觀便利

　　前面談到，外形方正、結構勻稱是中國文字的特質之一。中國文字不僅是形系字，而且是方塊字。每一個字的外形大致上都是方正的。要使文字的外形方正，這在象形、指事比較容易，但在會意、形聲就比較困難。因為會意、形聲是文字組合而成的，要使得文字外形保持方正，就不是那麼簡單了。我們的先人在這方面也想出了解決的辦法，那就是文字結構的設計經營。他們把中國文字歸納為細長型、橫寬型、虛中型三大類，細長型的作左右結合、橫寬型的作上下結合、虛中型的作內外結合。文字的結構位置，經過精心的設計安排，使得每一個文字的外形方正、構體均勻。由於中國文字的方正均勻，使它不但是記錄語言、表達情意的理想工具，而且字體本身就是一種藝術。所以中國文自古以來不僅記錄先民生活的事蹟，傳遞古聖先賢的明訓，充實了中國文化的內涵，而且也表現出高度的藝術，發展出傲視寰宇的書法，美化了中國的文化。這種外形方正均勻、字體美觀便利，是中國文字的價值之四。

第五章　中國文字的形成與演化

第一節　中國文字的形成

　　清光緒二十五年發現殷商甲骨以來，學者從甲骨文字的形體研究中，對中國文字的形成有了大致的了解。近三十年來，陸續出土不少早於殷商甲骨的資料，讓我們對中國文字的形成有更進一步的了解。從屬於仰韶文化早期的西安半坡遺址，發現許多陶器上刻畫的資料，它們大致呈現幾何圖形。如下圖：

根據碳 14 年代測定，半坡類型的時代約當西元前 4000～5000 年，早於安陽出土的商代後期的甲骨文約 3000 年，相當於中國的夏王朝時代。

　　此外於山東的大汶口文化晚期遺址，發現刻在陶器上的資料，

大致呈現象實物的圖形。如下圖：

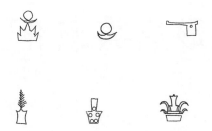

這些刻在陶器上的幾何圖形或是實物圖形，有些學者認爲它們不是文字，只是符號，有些學者則認爲是原始文字。例如上舉半坡遺址出土的陶器上的一些刻畫，于省吾認爲：「✕」是「五」字、「十」是「七」字、「T」是「示」字、「↑」是「矛」字、「↓」是「艸」字。大汶口遺址出土的陶器上的一些圖形，于省吾認爲：「⛰」是「炅」字、「🜀」是「戉」字、「🜨」是「封」字、「☺」是「旦」字。雖然這些陶器上的刻畫、圖形，究竟是文字或不是文字，尚無定論，但是這些資料有助於對中國文字形成的探討，具有參考的價值，則是肯定的。

　　《史記・殷本紀》記載完整的商王朝先公先王的世系，安陽出土商代後期的甲骨中，也記載許多商代歷代先公先王的資料，學者整理之後，與《史記》所記載的相比較，從上甲微至帝辛，大致相同，只有一些次序或文字上的差異，如：《史記》是微、報丁、報乙、報丙、主壬、主癸的次序；而甲文則是上甲、報乙、報丙、報丁、主壬、主癸的次序。文字也略有出入，如：報乙、報丙、報丁，甲文分別作匜、匨、匟，主壬、主癸作示壬、示癸。安陽甲骨是在清光緒二十五年才發現的，司馬遷撰寫《史記》時，尚未見到甲骨資料，而所記載商代先公先王的世系，所以與甲骨所載如此相近，合理的解釋是因爲商代已有文字，可以將先公先王世系的資料記載下來，流傳到後世，所以司馬遷才有可能據以撰寫〈殷本紀〉。同樣的，《史記・夏本紀》

也記載夏王朝歷代先王的世系，再加上地下出土的考古資料，可以推測夏代應該已有文字或接近文字的符號、圖形。所以探究中國文字的起源，以夏代爲中國文字形成的上限，應是接近實情的。退一步說，即使以安陽出土的商代後期甲骨文爲起算點，距今也有三千多年的歷史。

第二節　中國文字的演進

有關中國文字演進的問題，可從兩方面了解，其一是中國文字字形的演化，其二是中國文字演化的類型。前者可以從古代流傳下來或是地下出土的實物、文獻中所保留的文字、資料，依照時代的先後，呈現它的字體演化、文字傳承的歷程。後者可以將文字演化歷程中的各種現象，歸納爲幾種類型，以便了解中國文字的構體，以及字體變化的原因。

中國文字的演化，以構體來說，到了篆、隸大致已經定形，其後的楷書、行書、草書等，只是筆勢上的變化，在書法藝術上的意義高過文字學上的；以時代而言，到秦統一天下，並施行文字統一政策，字體因此而統一化、標準化，漢代使用的文字，大致上也不外篆，隸二體，尤其是篆書，成爲官方、學界所使用的字體，隸書是民間流行的俗體，裘錫圭先生在《文字學概要》論古文字階段的漢字形體的演變時說：「隸書是不登大雅之堂的字體，篆文可以銘刻金石。」許慎撰《說文解字》以「小篆」爲主體，而附以古文、籀文，至於隸書則不予收錄，是有他的道理的。基於上述的原因，本節敘述中國文字的演化，在時代來說，原則上以秦末爲下限；就字體而言，到隸書爲止，至於隸楷以後的形體演變，可以參考裘先生《文字學概要》第五章〈隸楷階段的漢字〉。

一、中國文字字體的演化

中國文字的特質，在於它的一貫性，中國文字字體的演化，也是脈絡一貫、前後相承的。前一期的字體，雖已演化為後一期的字體，而前一期的字體有些仍然包含在後一期的字體中，所以，前一期的字體與後一期的字體，有時很難分出彼此的。例如古文演化為籀文，而古文有些仍包含在籀文中，那麼這些籀文可以說也是古文。《說文‧敘》說：「及宣王太史籀，著《大篆》十五篇，與古文或異。」大篆即是籀文，所謂「與古文或異」，是說籀文有些異於古文，有些同於古文。同樣的，古文、籀文演化為小篆，古文、籀文仍是有些包含在小篆中，這些小篆可以說也是古文、籀文。《說文‧敘》又說：「秦始皇帝初兼天下，丞相李斯乃奏同之，罷其不與秦文合者，…皆取史籀大篆，或頗省改，所謂小篆者也。」小篆取史籀大篆「或頗省改」，可見小篆中有些據古文、籀文而省，有些據古文、籀文而改，有些則同於古文、籀文。

由此可見，文字演化至小篆，而古文、籀文並未消失，只是實存而名異而已。《說文‧敘》說：「是時，秦…初有隸書，…而古文由此絕矣。」清段玉裁說：「秦有小篆、隸書而古文由此絕。」這種說法並不十分妥當。中國文字從字體來說，有古文、籀文、小篆、隸書、楷書、行書、草書等。這些字體並不是依次先後出現的，以古文、籀文來說，早期的古文演化為籀文，而籀文出現以後，古文仍然存在而繼續演化，於是又有所謂「孔壁古文」的出現。字體的演化，不僅是前後相承，而且也是輾轉衍生的，有些地方實在是糾纏不清，難以釐清界限。為了便於說明起見，下面的敘述以時代為經，而以字體為緯，來說明中國文字演進的情形。

相傳神農氏見到稻禾長出八穗，因而造了「穗書」；黃帝見到天上的瑞雲，因而造了「雲書」；少昊氏造了「鸞鳳書」；帝堯造了

「龜書」。這些文字現在都沒有見到，未必可信。又湖南衡山岣嶁峰上有「夏禹王岣嶁碑」，相傳是夏禹所刻，經過學者的考證，應是作於戰國早期（西元前 456 年）。近年來，在陝西西安近郊的半坡遺址，以及山東大汶口遺址出土的陶器上的刻畫或圖形，學者的看法不同，有的人認為是文字，有的人認為只是記號、還不算是文字。目前所發現的中國古代文字，經學者考證，認為確實可信的，應該以商代的甲骨文為最早。下面從殷商到戰國時期，就中國文字字體的變化，以及各期文字字體風格的特點，作簡要說明如下：

（一）殷商時期

這一時期可以說屬於古文時期，所謂古文，有三種涵義：其一是指小篆以前的文字，其二是指籀文以前的文字，其三是指戰國末年流行齊、魯一帶的文字。第一類屬於廣義的古文，自中國有文字至秦始皇統一文字止，都屬於這個範圍。《說文·敘》所稱的古文、籀文都包含在內，這是與小篆相對的名稱，所以又稱「大篆」。一般以為大篆即是籀文，而與古文相對，其實《說文·敘》提到秦書有八體，其中「大篆」和「小篆」並稱，而不稱古文、籀文，段玉裁說：「不言古文者，古文在大篆中也。」這說法是很正確的。第二類指周宣王以前之文字，為了與戰國末年的孔壁古文區別起見，可稱為早期古文。周宣王太史籀據以整理而成《大篆》十五篇，這是與籀文相對的名稱。第三類指孔壁古文一類的文字。為了與早期古文區別，可稱為晚周古文，包含宣王以後至秦統一文字以前的文字，即《說文·敘》所稱的「孔子壁中書」。

同一「古文」之名，而有三種不同的含義，也代表三個不同的時段。《說文·敘》多次提到「古文」的名稱，條列於下作一說明：

1、《說文·敘》：「及宣王太史籀，著《大篆》十五篇，與古文或異。」

從文字上了解，此所謂「古文」，指周宣王以前的文字，太史籀據以著「大篆」十五篇。《漢書・藝文志》說：「《史籀篇》者，周時史官教學童書也，與孔氏壁中古文異體。」班固把太史籀所據古文，與後來的孔壁古文混爲一談，而說《史籀篇》中文字「與孔氏壁中古文異體」，值得商榷。太史籀據「古文」整理文字，成《大篆》十五篇，以教學童。《說文》：「篆、引書也。」段注：「引書者，引筆而箸於竹帛也。因之，李斯所作曰篆書，而謂史籀所作曰大篆。」

　　篆的本義是引筆書寫在竹帛上，引伸而一切書寫的文字稱「篆」，大篆與小篆對稱，大篆義爲古篆，指秦以前的文字；小篆義爲今篆，指秦統一標準的字體，後來又將秦統一文字的小篆稱秦篆，漢人所寫的小篆則稱爲漢篆，以示區別。太史籀所著《大篆》，又稱《史籀篇》、《史籀》、《籀篇》，篇中的文字稱爲「大篆」、「籀文」。《大篆》今已不存，《漢書・藝文志》說：「《史籀》十五篇。」自注：「周宣王太史作《大篆》十五篇，建武（按：光武的年號）時亡六篇矣。」《說文》收錄籀文 225 字，段玉裁說：「其有小篆已改古籀，古籀異於小篆者，則以古籀駙小篆之後，曰：古文作某，籀文作某，此全書之通例也。」可知《說文》所錄籀文，只是異於篆文的部分。《說文》通例，古籀和篆文相同的，就以篆文呈現，此種情形，篆文也就是古文、籀文，例如「一」部的「元」、「天」、「丕」等字都是。古文、籀文與小篆相異的，才在篆文之下另外列出古文或籀文，例如「上」部「旁」的古文作「㫄」、「㝃」，籀文作「雱」。籀文與古文相同的，也以籀文的名義列在小篆之下，這種情形，籀文也就是古文，而異於篆文，例如「口」部的「嘯」是篆文，「歗」是籀文，也是古文。籀文與篆文相同，而與古文不同的，就在篆文下只以古文的名義呈現，例如「辵」部的「遷」，古文作「拪」，「遷」是篆文，也是籀文，「拪」是古文，而與籀文異。至於籀文和篆文、古文不同的，也於篆

文之下另外列出古文、籀文，例如辵部的「速」是篆文，其下另有籀文作「遬」、古文作「警」，與篆文「速」的形體都不同。所以《說文》所收錄的籀文 225 字，有的同於古文，有的異於古文，有的同於篆文，有的異於篆文。

然而籀文的字數，當然不止於《說文》所收錄的 225 字而已。張懷瓘在《書斷》一書中認為：《說文》收 9353 字，應是古代留下籀文的數量，許慎取此而說解形義。段玉裁則以為秦篆 3300 字，而力闢張說之非。潘重規先生在所著《中國文字學》一書中，據《漢書·藝文志》所說，李斯的《倉頡篇》、趙高的《爰歷篇》、胡母敬的《博學篇》，文字多取諸《史籀篇》，以為段玉裁說秦篆 3300 字，籀文字數也不會相去太遠，潘先生的說法，應是可信的。

2、又：「至孔子書六經，左丘明述《春秋傳》，皆以古文。」此所謂「古文」，可以了解為孔子、左丘明之前及當時的文字，亦即春秋之前及春秋之時的文字。

3、又：「是時，秦燒滅經書，滌除舊典，大發吏卒，興成役，官獄職務繁，初有隸書以趣約易，而古文由此絕矣。」

此所謂「古文」，可以了解為秦隸以前的文字。段玉裁注：「按小篆既省改古文、大篆，而隸書又為小篆之省，秦時二書兼行，而古文、大篆遂不行，故曰：古文由此絕。」

4、又：「及亡新居攝，……頗改定古文，時有六書：一曰古文，孔子壁中書也。二曰奇字，即古文而異者也。」

此所謂「改定古文」，可以了解為漢以前的文字。至於王莽六書中之「古文」，許慎已注明是孔子壁中書，包含奇字在內。《說文·敘》又說：「壁中書者，魯恭王壞孔子宅，而得《禮記》、《尚書》、《春秋》、《論語》、《孝經》。又北平侯張蒼獻《春秋左氏傳》。」魯恭王當漢武帝時，壁中書出自孔子宅，即所謂「孔壁古文」，是戰

國末流行於齊、魯一帶的文字。漢代經學有今古文之爭，古文家所傳古文經多出自孔壁。段玉裁注：「以上皆古文，以其出於壁中，故謂之壁中書，晉人謂之科斗文。」張蒼原是秦時柱下御史，藏《春秋左氏傳》於壁中，至漢惠帝解除挾書之禁，乃取以獻之。

5、又：「郡國亦往往於山川得鼎彝，其銘即前代之古文，皆自相似。」

此所謂「古文」，可以了解爲漢以前刻鑄於銅器上的文字。由此可知，許慎撰《說文》，也取材於出土的前代銅器上的文字，只是一來漢代出土的前代銅器不多，二來《說文》所收古文，並未注明出處，所以也就無從考辨了。

6、又：「諸生競逐說字解經誼，……乃猥曰：馬頭人爲長，人持十爲斗，……若此者甚眾，皆不合孔氏古文。」

此亦孔壁古文。

7、又：「今敘篆文，合以古、籀。」

此所謂「古」，乃古文之省略，可以了解爲與篆文相對的名稱，小篆以前的文字都包含在內，包括早期古文與晚周古文。

8、又：「其偁《易》孟氏、《書》孔氏、《詩》毛氏、《禮、周官》、《春秋》左氏、《論語》、《孝經》，皆古文也。」

此所謂「古文」，指漢古文經學家所傳的古文經，出自孔壁，亦即所謂「孔壁古文」。

綜合上述，《說文・敘》所稱「古文」，所指不是一個時段，不是一種字體。歸納起來，可分爲兩大類：其一是早期古文，戰國早期上溯春秋、西周、殷商時期的文字都在此範圍之內。其二是晚周古文，即壁中書，而以孔壁古文爲主。

殷商時期的文字，屬於早期古文，此期的文字資料，可以在商代留傳下來的龜甲、獸骨、青銅器以及《說文》中看到。《說文》中

的古文，許慎並未注明出處，那些是見於殷商銅器，當然無法確定，但是如今出土的殷商甲骨，以及出土的銅器而經過學者考定為商器的，不在少數。

甲骨的文字，以及銅器上的銘文，可以取與《說文》所錄古文相較，其形體相同或相近的，推為殷商古文，應是合理的。例如《說文·示部》「示」字的古文作「兀」，而殷商甲骨文作「兀」，形體相近，許慎撰《說文》時，應未見到甲骨文，但示部「示」的古文「兀」，應是從殷商流傳下來，許慎才能看到而收入《說文》。當然，此一古文也可能出自孔壁，許慎當時可以看到孔壁書，但是，一來《說文》未注明出處，二來今日孔壁書也已亡佚，無法確知「示」的古文「兀」定出自孔壁，三來孔壁書中字體也是從前代流傳下來的，所以把《說文》中的古文「兀」，推為早期古文，甚至說為殷商古文，也沒有甚麼不妥。殷商時期的文字，如今可以看到的，主要保存在甲骨和銅器上。

1、殷商甲骨

甲骨文是指用刀或毛筆刻寫在龜甲或獸骨上的文字。龜甲是刻寫在背甲和腹甲上，而以刻在腹甲上的居多。獸骨則刻在牛骨、鹿骨、羊骨、馬骨、豬骨、雞骨、人頭骨上，而以刻在牛肩胛骨上的居多。這些文字的內容，大部分是占卜的紀錄，所以又稱為卜辭。其中主要是商王的占卜紀錄，學者稱為「王卜辭」，小部分是與商王關係密切的諸侯的占卜紀錄，稱為「非王卜辭」。這些甲骨大部分是在河南省安陽縣小屯村發掘出來，此地古代是殷代都邑的舊址，稱為「殷墟」，所以又稱這些文字為「殷墟卜辭」、「殷墟文字」。這些文字大多是用刀刻在甲骨上，所以又稱「殷契卜辭」、「殷契」，契本作栔，就是刻的意思。

根據董作賓先生《甲骨年表》的記載，清光緒二十五年，王懿

榮從買來作藥用的龜甲上發現有契刻的文字，於是大量蒐購得一千四
五百片，後來劉鶚將它們編印成《鐵雲藏龜》六冊，這是甲骨文著錄
行世的第一部。大陸中華書局出版，郭沫若先生主編的《甲骨文合集》，
收錄甲骨 41956 片；台灣藝文印書館出版，嚴一萍先生編的《商周甲
骨文總集》，收錄甲骨 49160 片，這些大多都是甲骨拓片，是目前研
究甲骨文最完整的重要資料。此外又有孫海波撰《甲骨文編》，1956
年中國社會科學院考古研究所改訂，收單字 1723 字，附錄 2949 字。
金祥恆先生撰《續甲骨文編》，收字 2500 字，則是據此等資料編成
的字典，便於查索。

　　大致來說，目前所見商代甲骨文，是盤庚遷殷（西元前 1384 年）
至帝辛（即商紂）亡國（西元前 1112 年）約 273 年間的文字。董作
賓先生著《甲骨文斷代研究例》，據世系、貞人、稱謂等十個標準，
把商代甲骨文分為五期，每一期都有它的特有書體風格。下面將五期
的文字，略舉數例，表列如下：

❀殷商甲骨文五期字體表❀

	工	月	王	天	子
一 期					
二 期					
三 期					
四 期					
五 期					

　　裘錫圭先生在《文字學概要》一書中，敘述商代甲骨文的演化
情況說：「刻字的人為了提高效率，不得不改變毛筆字的筆法，主要
是改圓形為方形，改填實為勾廓，改粗筆為細筆。」又說：「早期甲

骨文一般要比晚期更象形。」後期的甲骨文即使已與圖畫有了很大的距離，作為文字來看，象形的程度還是很高的。一般而言，從甲骨文的形體來看，筆勢的方折、筆畫的繁簡不一、偏旁位置的不固定，這些都是甲骨文常見的特色。

2、金文

　　金文指刻鑄在青銅器上的文字，古人把銅稱為吉金、美金，或省稱金，所以銅器上的銘文稱為金文。銅器有鐘、鎛等樂器，鼎、鬲等食器，尊、爵等酒器，盤、盂等水器，其中以鐘、鼎居多，所以金文又稱鐘鼎文，古代又稱盤盂書。銅器古代也用作宗廟祭器，稱為彝器，所以金文又稱彝銘。

　　大陸中華書局出版，由中社科院考古研究所編的《殷周金文集成》，共十八冊，收錄銅器 12110 器；台灣藝文印書館出版，嚴一萍先生編的《商周金文總集》收錄銅器 8000 件，這些大部分是拓文，少數是手摹的，是目前研究金文最完整的重要資料。馬承源編《殷周青銅器銘文選》，共分五冊，第一冊為商、西周青銅器銘文拓文，第二冊為東周青銅器銘文拓文，第三冊為商、西周青銅器銘文釋文及注釋，第四冊東周青銅器銘文釋文及注釋，第五冊為全書索引。共選青銅器 925 器。分金文為殷商、西周、東周等三期，殷商期選錄「母戊方鼎」、「母辛方鼎」、「婦好方鼎」、「小臣俞尊」等 23 器。下面將殷商甲骨文與銅器銘文，略舉數例，列表比較如下：

✿殷商甲骨文、金文字體比較表✿

	中	日	鳥	隻	車
殷商甲骨文					

殷商銅器，大多銘文少，多半都在一字到六字之數，最長的也不超過五十字。銘文內容很簡單，主要記作器者的族名，以及所祭祀的祖先的稱號。作器者的族名很多是圖形的，一般稱為記名金文，這些記名金文，有的是文字，後來線條化，形體仍然可以看出它們彼此相承的關係，有的還不是文字，只是代表一個族名的標誌而已。

如：「虎」字，記名金文作「　」，還是圖畫狀態，後來線條化而成為「　」，小篆作「　」，與金文相近；又如：　、完全是圖畫的狀態，還不是文字。這種記名金文，在後來西周乃至春秋時期的銅器中還有存在。

商代的甲骨和銅器上，雖然都保存了商代的文字，由於甲骨文多半是用刀直接在甲骨上刻寫的，所以筆鋒纖細而勁銳，金文則是先作土范，而後鑄成銅器，土范上的文字可以修飾，所以筆勢粗大而圓潤，彼此有很大的差別。比較起來，商代的金文，與西周的金文，不論在字形結構和筆勢上，反而有很多類似的地方。

（二）西周時期

此一時期仍屬「早期古文」時期，據《說文・敘》說：「及宣王太史籀，著《大篆》十五篇，與古文或異。」《漢書・藝文志》說：「周宣王太史作《大篆》十五篇，建武時，亡六篇矣。」則此期的後期已進入「籀文」時期了。

西周時期的文字，可以在周代留下的甲骨、銅器以及許慎著的《說文》中看到，《說文》中的古文、籀文，前面已提到，下面從西周的甲骨文和金文作一說明。

1、周原甲骨

　　1976 年 2 月 24 日於陝西省岐山縣鳳雛村南，發現了周初宮殿建築基址。次年在基址的西廂二號房間，11 號和 31 號窖穴中出土了一萬七千多片甲骨，從全部二百八十多片帶字甲骨的字體與內容來看，它屬於文王時期的作品，1979 年又在 31 號窖穴中出土甲骨四百多片，帶字卜骨九片。另外在扶風縣齊家村東發掘出了一片大龜版，後又採集到了十塊卜骨，其中帶字卜骨六片，周原至今總共出土了具有學術價值的帶字甲骨二百九十多片。

　　過去學者只了解殷墟出土的商代甲骨，以為甲骨是商文化所獨有，自從陝西岐山縣的甲骨出土後，才改正了這種誤解。這些甲骨是從鳳雛村出土的，所以又稱「鳳雛甲骨」。此處是周王朝的發祥地，自古公亶父由豳遷居周原起，直至文王晚年由岐徙豐為止，它一直是先周的都邑。《詩經‧大雅‧緜》敘述古公亶父（即太王，文王之祖父）遷居岐山的史實說：「古公亶父來朝走馬，率西水滸，至于岐下，爰及姜女，聿來胥宇，周原膴膴，菫荼如飴，爰始爰謀，爰契我龜。」把岐山一帶稱為「周原」，所以又稱此地出土的甲骨為「周原甲骨」。

　　一般說來，殷墟出土的甲骨文字體有兩種，一種字體比較大，一種比較小，而周原甲骨文字體則小如粟米。周原甲骨文目前所見都是用刀鍥刻，起筆刀重，落筆刀輕，鍥刻自由流暢，但較潦草，而殷墟甲骨文大部分是刀刻的，少部分用筆寫，字體比較清秀俊逸。董作賓先生分殷墟卜辭為五期，徐錫臺在所著《周原甲骨文綜述》一書中，據「王」字的字體把周原甲骨分為三型四式，一型一式「王」字圓潤柔和，一型二式「王」字剛勁有力，二型「王」字體剛勁，三型「王」字體嚴整。一型一式、二式的王字，與董作賓先生所定殷墟卜辭第三、四期相近，屬於廩辛、康丁、武乙時的卜辭，廩辛、康丁、武乙相當於周王季或文王早期。從整體來看，周原甲骨的時代，早的有文王早年的作品，晚的可能已到周公攝政的時期了。大陸三秦出版社印行的

徐錫臺著《周原甲骨文綜述》第二章，考釋周原甲骨二百九十六片，是研究周原甲骨比較完整的參考資料。嚴一萍先生編《商周甲骨文總集》共收甲骨 49160 片，其中含周原甲骨 292 片。下面選錄 11 號窖穴三號卜甲的拓文：

這片卜甲從左向右刻畫，據徐錫臺《周原甲骨文綜述》第十四頁的釋文是：

　　衣（殷）王田。

　　至于帛（地名），

　　王隻（獲）田（田獵）。

把周原甲骨文與殷商卜辭字體作一比較，表列如下：

	今	克	天	癸	子	王
殷商甲骨文	A	＄	吳	父	兇	王
周原甲骨文	今	岜	吳	父	兇	王

　　總之，出土的周原甲骨，在字體、文法、內容上，雖然和殷墟甲骨有別，但它是上承殷墟卜辭而來，應是沒有疑問的。有了這些新出土的資料，對中國古代文字的了解與研究，將往前推進了一大步。

　2、西周金文

　　周代的銅器在數量上較殷代多出很多，中國社科院考古所編的

《殷周金文集成》收錄青銅器 12110 器、嚴一萍先生編的《金文總集》收錄青銅器 8000 器、馬承源主編的《商周青銅器銘文選》選錄青銅器 925 器，其中大部分係周器。

　　同屬周代的青銅器，在器形、字體、內容等方面都有很大的變化，為了對金文有更精確深入的了解，前人提出了斷代分期的主張，雖然銅器的分期，各家意見未能一致，但大體上仍有原則可循，容庚撰《金文編》，1985 年大陸中華書局出版（四編本），採用銘文 3902 件，共收正文 2420 字，附錄 1352 字。郭沫若撰《兩周金文辭大系》，將兩周金文分為西周、東周二期，上編為西周宗周器，收 162 器，下編為東周列國器，收 161 器。列國器又分為吳、越、徐、楚等 32 國。容庚在《商周彝器通考》第四章，據銅器上所載的年月日、人名、地名、記事等資料，把銅器分為四期：

（1）商時期

（2）西周前期：包括武、成、康、昭、穆等王。

（3）西周後期：包括恭、懿、孝、夷、厲、共和、宣、幽等王。

（4）春秋戰國期：自平王東遷至秦統一。

　　其中推斷為西周器的共 258 器，屬武王時代的有 14 器，成王時代的有 91 器，康王時代的有 13 器，昭王時代的有 6 器，穆王時代的有 4 器，恭王時代的有 14 器，懿王時代的有 15 器，孝王、夷王缺，厲王時代的有 53 器，共和時代一器，宣王時代 44 器，幽王時代 3 器。

　　總的來說，金文筆畫多肥圓流暢，西周金文承殷商的餘緒，西周早期的銅器，字體、內容與商器都很相似，康、昭、穆諸王的時代，字形漸漸走向整齊方正，但是整體來說變化不大。恭、懿諸王以後，形體變化轉劇，容庚在《商周彝器通考》一書中對於商周金文的特色，以及西周金文承襲殷商金文的情形，有簡要的說明，他認為商代銅器銘文可分雄壯、秀麗兩派。西周初期尚承其體，如盂鼎、麥鼎屬於前

者，沈子簋蓋、遹簋屬於後者。西周後期變得筆畫停勻，不露鋒芒，有的字體長方，如毛公鼎，有的字體蝶扁，如散氏盤。下面選錄雄壯派的麥鼎與秀麗派的遹簋的銘文，以見一斑。

☆ 1.麥鼎

麥鼎銘文釋文：（銘文由右而左）

隹（唯）十又一月，井侯征（征）嘱于麥，麥易（錫，賞賜）赤金，用乍（作）鼎，用從井侯征吏（通事），用鄉（饗）多者（諸）友。

☆ 2.遹簋

遹簋銘文釋文：（銘文由右而左）

隹（唯）六月既生霸，穆王才（在）

莽京，乎（呼）漁于大池，王鄉（饗）

酉（酒），遹御亡遣（譴），穆王窺（親）易（錫，賞賜）

遹鮮（爵），遹拜首頜（稽）首，敢對

揚穆王休，用乍（作）文考父

乙障（尊）彝，其孫孫子子永寶。

　　關於西周金文形體的演變，裘錫圭先生《文字學概要》有所說明，他認爲西周金文形體演變的主要趨勢，是線條化與平直化。線條化是指粗筆變細，方形、圓形的團塊變爲線條。西周金文線條化者，如「天」字，上體由點演化爲線，如下圖：

西周前期　西周後期　春秋時期

　　平直化是指彎曲線條演化爲平直線條，不連接的線條連接成一筆。西周金文平直化者，如「馬」字，上體彎曲部分變成平直，眼睛與背部鬃毛本來分開的，後來變得連成一筆，如下圖：

西周前期　西周後期　春秋時期

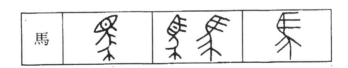

（三）春秋時期

　　此期約自周平王元年（西元前 770 年）至周敬王四十三年（西元前 477 年）止。春秋文字的使用時間，照理應與歷史上的春秋時期相一致，但是在文字的使用上，由於後期初往往承襲前期末，春秋初期的文字多承襲西周末期，二者之間很難畫出一個明確的分界，此處所

提春秋時期的上下限，只是方便說明以供參考的時段而已。

　　此期文字承西周後期的餘緒，屬於籀文時期，籀文由早期古文演化而來，春秋時期的文字，自然也脫離不了受早期古文的影響。春秋中期以後，逐漸形成地區色彩，此一特色到了戰國時期更爲顯著。每一地區的特色主要表現在書寫的風格上，字體結構大致還是相似的，這才形成中國文字一貫性的特質，關於這一點，前面已經提及。春秋時期的文字，現在可看到的，主要保存在銅器上，還有一些刻在玉石片上。

　　1、春秋金文

　　前面提到，前人爲了更精確地了解金文，提出了銅器分期斷代的主張，容庚《商周彝器通考》據彝器中的年月日、人名、地名等資料，推定屬於簡王時代的銅器有 28 器，屬於靈王時代的有 3 器，屬於景王時代的有 3 器，屬於敬王時代的有 5 器，平王至定王時代的器，缺而未列。此外並簡要說明春秋戰國時期金文的特色，他認爲春秋戰國，異體並興，大致上細長之體盛行於齊、徐、許諸國，有些字體兩端纖銳，有些字體外加羨文，有些是加點于細長之體，有些是不可識的奇字，有些是草率而不成字的，有些是鳥形書，不一而足。裘錫圭先生《文字學概要》也提到春秋中晚期的金文裡，出現了明顯的美術化傾向，有些東方和南方國家的部分金文，字形特別狹長，筆畫往往故意作宛曲之態。在春秋晚期到戰國早期這一時段，還流行加鳥形、蟲形或其他文飾的鳥書、蟲書等。

　　由於此種美術化傾向的字體，從春秋至戰國，大致相類，加以春秋與戰國二期，實難畫分明確，各家分期亦互有出入，爲了說明上的方便，下面選錄特殊字體的銘文，春秋與戰國器未加分別。

（1）細長體—鎛鎛

鎛鎛釋文：（銘文由右而左，銘文太長，僅節錄部分）

佳王五月初吉丁亥，齊辟霝（鮑）叔之孫，遺中（仲）之
子鎛乍子中（仲）姜寶鎛，用府（祈）侯氏永命萬年。鎛
保其身，用享用孝。（以下略）

（2）兩端纖銳—齊陳曼簠

齊陳曼簠釋文：（銘文由右而左）

齊墜（陳）曼不敢逸

康，肇菫（勤）經德，乍（作）

皇考獻（獻）弔（叔）䤿廐，

永保用𠤳（簠）

（3）加羨文飾筆─王字匜

王子匜釋文：（銘文由右而左）

王字〇之〇盥

（4）加點于細長之體—楚王酓肯盤

楚王酓肯盤釋文：

楚王酓肯乍（作）爲鑄盤

（5）鳥書體─越王大子勾己矛

《說文‧序》述秦書八體：「四曰蟲書。」又述新莽六書：「六曰鳥蟲書，所以書幡信也。」

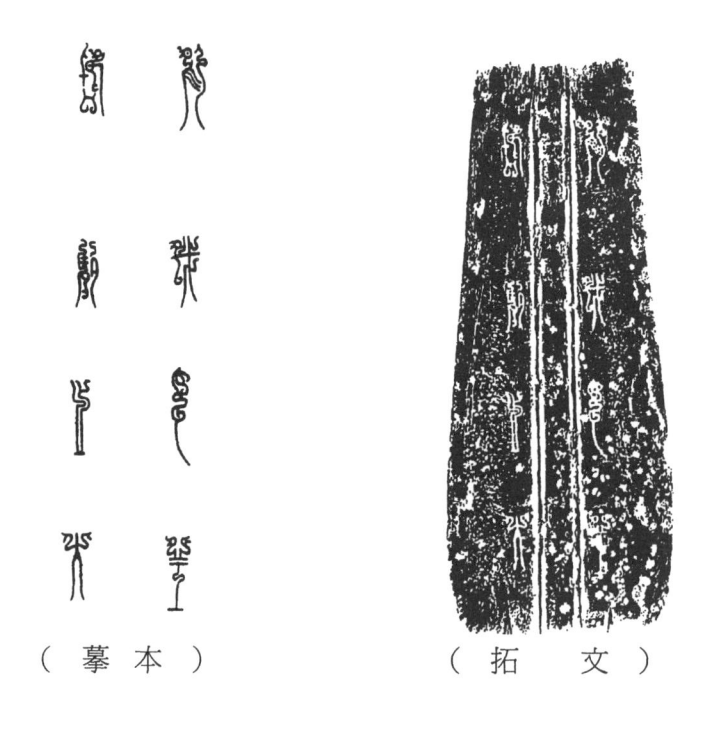

（摹　本）　　　　　　（拓　　文）

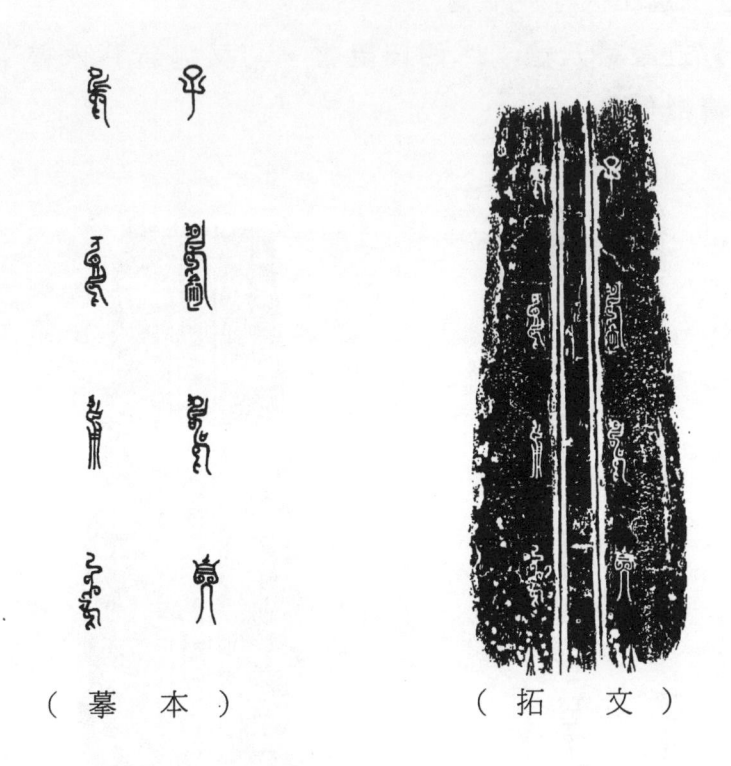

（摹　本）　　　　　（拓　文）

越王大子句卫矛釋文：（銘文由右而左）

於戉（越）○王

弌卧之大

子句卫自

乍（作）元用矛

[2、石器文字]

　　1965 年在山西省侯馬市的東周時代晉國都城新田的遺址，發現大量書寫在玉、石片上的盟書五千餘件，已整理出可讀者 656 件，這是近幾十來晚周文字資料的重大考古發現之一。這批盟書出土於侯馬市，所以稱爲「侯馬盟書」。盟辭是用毛筆書寫的，大部分是朱書，少數是墨書。關於侯馬盟書的時代，還有一些異議，有些學者認爲這些盟書與趙鞅和范、中行氏之爭有關，是春秋晚期的文獻，有些學者

則認為與趙桓子嘉逐獻侯自立之事有關，是戰國早期的文獻。今從前說而列於春秋時期。侯馬盟書字表收錄 381 字，異體 1274 字，如此豐富而集中的石器文字的發現，在歷史上還是首次，為研究三晉文字提供了極珍貴的資料。1976 年文物出版社出版《侯馬盟書》，可供參考。

　　張頷《侯馬盟書叢考續》歸納盟書文字的特點有四點：
（1）邊旁隨意增損。
（2）部位游移，繁簡雜側。
（3）義不相干，濫為音假。
（4）隨意美化，信筆塗點。

　　1979 年在河南溫縣東周盟誓遺址中發現大宗盟書，約計四千五百多片，其數量超過侯馬盟書一倍以上。溫縣盟書有詳細的年月日記載：「十五年十二月乙未朔，辛酉」。根據簡報的推算，辛酉為公元前 497 年 1 月 16 日，即周敬王 23 年，晉定公 15 年 12 月 27 日。主盟者是韓簡子。這些都有待進一步的考定。四十年代初，在河南沁陽附近發現少量墨書盟書，實際上也是在溫縣遺址中發現而流散的。沁陽盟書現藏中國社會科學院考古研究所，只有十一片。溫縣盟書與侯馬盟書的內容、文字、體例等很相似，二者的年代應是相接近的。

（四）戰國時期

　　此期自周元王元年（公元前 476 年）至秦始皇二十六年（公元前 221 年）統一天下止。關於戰國時期的上限，有各種不同的說法，前面談到春秋時期文字時，已提及前期文字與後期文字之間要明確畫出分界，不是容易的事。何琳儀先生《戰國文字通論》，對於戰國時期也是採比較寬的尺度，他認為「戰國文字」是指春秋末年至秦統一以前這段歷史時期內，齊、楚、燕、韓、趙、魏、秦等國曾使用過的一種古文字。此處所提戰國時期上下限，只是便於說明以供參考的時段

而已。

　　此期文字已進入晚周古文時期，此期後期則進入篆文、隸書時期。《說文‧敘》：「其偁《易》孟氏、《書》孔氏、《詩》毛氏、《禮、周官》、《春秋》左氏、《論語》、《孝經》，皆古文也。」《漢書‧藝文志》說：「劉向以中古文《易經》校施、孟、梁丘經。」又說：「古文《尙書》者，出孔子壁中，武帝末，魯恭王壞孔子宅，以度其宮，而得古文《尙書》及《禮記》、《論語》、《孝經》，凡數十篇，皆古字也。」從這些記載，《易》、《詩》、《書》、《禮》、《春秋》、《禮記》、《論語》、《孝經》、《周官》等古經都有古文本，都是用晚周古文寫的。吳大澂在《說文古籒補》自序中提出許慎所謂古文實際上是晚周文字的說法，基本上並沒有錯。

　　戰國時期文字對漢代文字產生重大影響的是篆文與隸書。《說文‧敘》：「秦始皇帝初兼天下，丞相李斯乃同之，罷其不與秦文合者，斯作《倉頡篇》，中車府令趙高作《爰歷篇》，大史令胡母敬作《博學篇》，皆取史籒大篆，或頗省改，所謂小篆者也。」從此段文字可以理解爲秦統一文字所用的標準字體即是小篆，而小篆是根據前代的「史籒大篆或頗省改」而來。但許慎當時所能看到的前代古文字實在很有限，除了孔子壁中書之外，可能還看到一些出土的前代彝銘，以及已經殘缺的史籒大篆。許慎應該了解文字遞演的道理，他所謂「皆取史籒大篆或頗省改」，應該理解爲史籒大篆遞演爲春秋時期、戰國時期的文字，篆文由史籒大篆或省或改演變而來，從近年出土的戰國銅器、簡牘等實物上的文字來看，與篆文形體多相合或相近，而與商周甲骨文、西周金文的形體有一定的差距，這也是事實，裘錫圭先生《文字學概要》論古文字階段漢字形體的演變時說：「小篆是由春秋戰國時代的秦國文字逐漸演變而成的，不是直接由籒文省改而成的。」這話基本上也是正確的。

　　《說文・敘》述新莽六書說：「時有六書：一曰古文，孔子壁中書也。二曰奇字，即古文而異者也。三曰篆書，即小篆，秦始皇帝使下杜人程邈所作也。四曰左書，即秦隸書。」段玉裁以爲「秦始皇帝」以下十三字當在下文「左書即秦隸書」之下。自來學者都接受段氏的說法，而據調整後的文字來看，隸書是秦始皇命程邈創作的。從近年出土的戰國文字來看，隸書應該是戰國晚期形成的，既不可能由程邈一人所創作，也不是由秦始皇命令達成的。裘先生《文字學概要》論隸書的形成，有極精確的說法，他認爲在秦系銅器銘文、漆器銘文，以及印文、陶文中的俗體字，已經出現不少與後來隸書相同或相似的寫法，而是用方折的筆法改變篆文圓轉的筆道，從睡虎地出土的秦簡上文字，可以知道當時隸書已經基本形成。

　　至於隸書的命名與涵義，過去受到程邈作隸書之說的影響，以爲隸書之作主要在應付當時頻繁的官獄，公文來往繁多，而篆文用圓轉筆勢，書寫不便，所以才由程邈改用方折筆勢創作出一種新字體，因爲此一新創字體用在隸役有關的公事上，所以命名爲「隸書」。這種說法，唐蘭先生在《中國文字學》已指出是倒果爲因的，實際上民間已通行的書體，官獄事繁，就不得不採用。在秦代小篆是主要字體，隸書只是一種新興的輔助字體。《說文・序》說：左書即隸書，左的本義是輔佐，隸是隸屬之義，輔佐正體篆文的字體，故稱爲「左書」，隸屬於正體篆文之下的字體，故稱爲「隸書」。

　　戰國時期的文字，現在可以看到的，主要保存在銅器、石刻、繒帛、簡牘、陶器、錢幣、印璽上。

1、金文

　　容庚在《商周彝器通考》第四章〈時代〉，推定東周器中屬於戰國時期的元王時代器 2 件，孝王時代器 1 件，威烈王時代器 13 件，烈王時代器 3，顯王時代器 2 件，秦統一前器 7 件。並說明春秋戰國

時期異體朋興，有細長之體、兩端纖銳之體等，前面春秋時期已經提到，並已一併列舉春秋戰國各種異體的銘文，此處不再重述。

春秋時期，列國自鑄銅器的風氣大盛，而彝器銘文也就呈現出地域的色彩，到了戰國時期，這種地域色彩更是濃厚，形成戰國文字的一大特色。陳夢家在《中國銅器概述》一文中，將春秋戰國時期銅器分爲五個系統：

（1）東土系：齊、魯、邾、莒、杞、鑄、薛、滕諸國屬之。

（2）西土系：秦、晉、虞、虢諸國屬之。

（3）南土系：吳、越、徐、楚諸國屬之。

（4）北土系：燕趙諸國屬之。

（5）中土系：宋、衛、陳、蔡、鄭諸國屬之。

下面分別就各國銅器略作說明：

☆ 1.齊器

屬東土系，書體高長，多直筆，筆畫細瘦勁銳，與西周多曲筆而筆畫渾厚的風格不同。洪燕梅《秦金文研究》第五章〈秦金文與各系金文書體之比較〉對齊系、燕系、楚系金文的書體風格，有簡要的說明。他認爲齊系金文春秋早期結構方橫，鬆散便捷；春秋中期漸趨修長，線條纖細；戰國早期結體修長，嚴峻峭刻；戰國中期結體略短；戰國晚期趨於草率。何琳儀先生《戰國文字通論》中，把以齊國爲中心的魯、邾、倪、任、滕、薛、莒、杞、紀、祝等國銅器列入齊系。並對齊系文字字體的特色有所說明，他認爲齊系文字的裝飾筆畫頗爲醒目，或在文字豎畫上附加贅筆，字體結構也頗爲殊異。如「戈」作「鈛」，「造」作「艁」、「寣」等，都很有地方特色。

☆ 2.晉器

屬北土系，書體渾厚，承西周遺風。洪燕梅《秦金文研究》對晉系金文的書體風格，有簡要說明。他認爲晉系金文春秋早期結構方

橫，鬆散便捷；春秋中期傾向頎長，婉轉圓渾；戰國早、中期修長渾厚，規旋矩折；戰國晚期扁平草率。晉系文字內涵相當廣泛，不但韓、趙、魏三國屬于這一系、而且中山國、東周、西周、鄭、衛等小國文字也都屬于這一系。

　　晉系中的趙兵銘文多為刻款，筆畫纖細，通體略具敧斜之勢。而「王立事」是趙國兵器銘中最引人注目的紀年法。至於晉系中的魏器，「視事」是魏器所特有的職官名稱。魏國流行布幣，戰國晚期也流行圓錢，在地名後往往綴「釿」、「守」等記重單位，是魏幣的主要特點。一般來說，在直筆、曲筆上加小圓點飾筆，是晉系金文最多見的現象，下面選錄中山王䤾壺銘文，以見一斑：

中山王**䤾**壺釋文：（銘文由右而左，銘文太長，僅節錄部分）
隹十四年，中山王**䤾**命相邦賙

敢（擇）郾（燕）吉金，釙（鑄）爲彝壺，節于醓醅（祭祀酒名），
可灋（法）可尙，以鄉（饗）上帝，以祀先王。（以下略）

★ 3.楚器

　　屬南土系，書體柔美圓潤。《戰國文字通論》列楚系文字，除
包括楚、吳、越、徐、蔡、宋等這些較大國家之外，還包括漢、淮二
水之間星羅棋布的小國。

　　西周中晚期、春秋早期的楚金文，仍承襲西周金文的風格，筆
畫粗短、形體方正、字體大小不一。春秋中期，逐漸形成自身的風格
特色，字體漸趨修長，有些字體在修長中還帶有多波折彎曲的變化而
近鳥蟲書的風味，戰國早期仍承襲春秋中晚期修長多波折的遺風，而
帶有鳥頭形或鳥形的飾符，乃至成熟的鳥蟲書在此時期已經出現。戰
國中期，纖細婉曲的風格已逐漸消失，而鳥蟲書還盛行，至戰國晚期
字體逐漸由縱長形趨向橫寬形，縱形近篆體，橫形近隸體。關於楚金
文的筆勢與形構變化的詳情，可參考黃靜吟《楚金文研究》。

　　鄂君啓舟節、車節，是戰國中期的楚國銘文標準器，節銘絕對
年代應是公元前 323 年，即楚懷王 6 年，周顯王 46 年。下面選錄鄂
君啓舟節銘文的一部分，以見一斑：

鄂君啓舟節銘文釋文：

（銘文由上而下，由右而左。銘文太長，僅節錄部分）

大司馬邵鄗敗（敗）晉帀（師）於襄陵之歲（歲），顕（夏）层之月，乙亥之日，王尻（居）於茂郢之遊宮。大攻尹脽台（以）王命命集尹惡糕（人名）、裁尹逆、裁敏（令）阮，爲鄂君啓之膚賸鑄金節。屯三舟爲一舿，五十舿歲（歲）羆（能）返。（以下略）

★4.燕器

　　屬北土系，從總體看，燕系文字比較穩定，前後期文字變化不大。在一些載有燕侯、王名的兵器銘文中，燕字作「郾」，而燕君戈、戟，往往自銘「鋸」，即文獻中之「瞿」，自銘「鈹」、即文獻中之

「㦷」。燕矛自銘「鉈」，玉篇：「鉈，古文矛。」燕劍自銘「鐱」、「鈦」，這些特有的字體，都顯示出燕國文字的特色。洪燕梅《秦金文研究》對燕系金文的書體風格，有簡要的敘述。他認爲燕系金文春的書體風格春秋晚期頎長嚴整；戰國早期鬆散率直；戰國中、晚期平整渾樸。

★ 5.秦器

　　屬西土系，秦系文字跨越春秋、戰國兩個時期，春秋早期有秦武公所作的秦公鐘、秦公鎛，春秋中期有秦景公（或秦共公）所作的秦公鐘、秦公簋。戰國時期秦國金文多見於兵器、權量、虎符等器物上。

　　虎符是秦器特有的品類，迄今已發現三件，即杜虎符、陽陵虎符與新郪虎符。三器的銘文大致相同,杜虎符鑄造年代應在稱王以前。即公元前 337～前 325 年間。新郪虎符晚于杜虎符、陽陵虎符，作于秦統一之後。下面選錄新郪虎符銘文：

新郪虎符銘文釋文：（銘文由右而左）

甲兵之符，右才（在）王，左才（在）／新郪，凡興士被甲用兵五十／人以上，會王符乃敢行／之，燔燧事雖母（毋）會符，行殹。

虎符銘文純屬小篆，是秦國標準文字。

2、石刻

石刻是契刻在石上的文字，方形的稱碑，圓形的稱碣。傳世的石刻以石鼓文最為著名。石鼓是在唐初於陝西天興縣出土的共有十鼓，字刻在鼓的四周，唐人見其形似圓鼓，而稱為石鼓。

關於石鼓的時代迄今有多說，根據石鼓文的文字結構和書寫風格，而以戰國時秦器的說法較為可信。秦武公時的秦公鐘、鎛和秦景公時的秦公鐘、殷，是春秋早中期的秦國銘文，把四器與石鼓文比較，可以看出，同是整飭的秦篆，但前者流暢，後者呆板。石文的絕對年代還有待進一步的研究，但石鼓文的字體晚于秦公殷則是肯定的。石鼓文全文原有七百餘字，每四字一句，現存四百餘字，保存了若干形體較早的秦篆，是研究秦統一以前文字的重要材料。下面選錄石鼓文四句拓文，以見一斑：

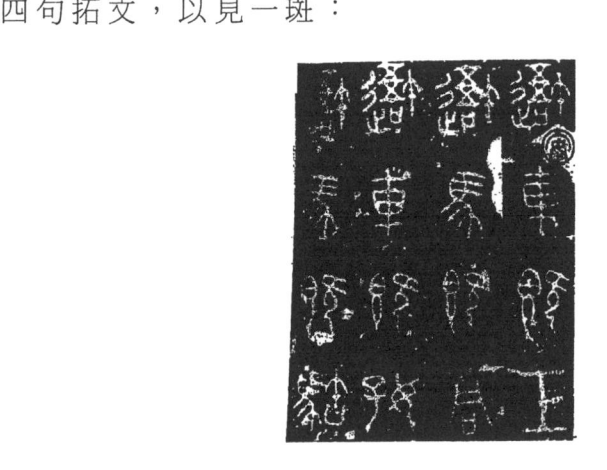

石鼓文釋文：（由右而左）

邋（吾）車既工，邋馬既同，邋車既好，邋馬既駊。

邲字所从吾作「䪼」，字體繁複，與籀文相類。

　　3、帛書

　　在紙未發明以前，古代文字或書寫在繒帛上，王國維在〈簡牘檢署考〉一文中指出，《周禮‧司勳》云：「凡有功者，銘書於王之太常。」即是書於繒帛上。近幾十年來，地下出土的實物證實了王氏的說法是正確的。

　　1941 年在湖南長沙東郊出土的楚帛書（或稱楚繒書），原是寫在一塊方形繒帛上，摺成八疊，出土時摺疊處已多損壞，後經蔡季襄重加裱裝，全文分成兩部分，中間二十一行文字，右邊十三行，每行三十四字，末行四字。左邊八行逆向書寫，每行三十六字，末行十二字。帛書四角畫有羊齒狀植物枝條，邊緣四周各有詭譎圖形三個，並綴以「取、女、秉、佘、㰒、𢼸、倉、臧、玄、昜、姑、荃」等十二月名，月名下附有說明文字。全文約九百餘字，除去重複，得單字二‧七三字，合文二，重文二。下面選錄楚帛書摹本的一部分，以見一斑：

（文字殘缺，釋文從略）

4、簡牘

在紙未發明之前，古代文字除了書寫在繒帛之外，主要是書寫在竹簡、木牘上。近幾年來，出土的簡牘非常多，尤其是秦簡與楚簡為最。1975 年在湖北雲夢縣睡虎地 11 號秦墓出土了一千一百多枚竹簡，內容包括秦律、大事記、日書等。1979 年在四川青川縣戰國晚期的秦墓中發現一塊抄有律文的木牘。1986 年在甘肅天水市戰國晚期秦墓中發現四百六十枚竹簡，內容主要是日書。1989 年在湖北雲夢縣龍崗的一座秦墓發現一批秦律竹簡。這些秦簡是研究秦文字，尤其是秦隸的重要資料。

至於楚簡的發現，1951 年在湖南長沙五里牌戰國墓出土竹簡 38

枚，經綴合爲 18 枚，殘破較甚，內容屬「遣策」。1953 年在長沙仰天湖戰國墓出土竹簡 43 枚，內容屬「遣策」。1954 年在長沙楊家灣戰國墓出土竹簡 72 枚，文字模糊不清，只能識出二、三字。1957 年在河南信陽長台關戰國墓出土兩組竹簡，第一組 117 枚，內容屬「竹書」，與傳世的先秦儒家典籍很相似。第二組 29 枚，多爲長簡，內容屬遣策。1965 年在湖北江陵望山一號戰國墓出土竹簡 425 枚，內容屬「卜筮」。1973 年在湖北江陵藤店戰國墓出土竹簡 24 枚。1978 年在江陵天星觀戰國墓出土竹簡七十多枚，約四千五百多字，內容有「遣策」、「卜筮」。1986～1987 年在湖北荆門市包山二號楚墓出土有字竹簡 275 枚，墨書字跡如新，所載字約一萬二千字，是已發現戰國竹簡中較多的一批，內容爲記事、占禱和遣策。此外，1978 年在湖北縣擂鼓墩發現曾侯大墓，竹簡是曾侯乙墓所出文字資料最多的一種，這批竹簡計二百四十多枚，六千六百多字，竹簡內容基本都是葬儀中車馬兵甲的遣策。上述睡虎地秦簡、包山楚簡、望山楚簡等，大陸已有字表出版，學者也都有專文論述。如洪燕梅《睡虎地秦簡文字研究》、大陸中山大學古文字學研究室《戰國楚簡研究》等，都是研究戰國簡牘文字的專著，可供參考。

第六章 中國文字的結構與類別

第一節 六書的名義

一、「六書」名稱的緣起

對於中國文字的結構與類別，自來多採用「六書」的說法來分析文字的結構，區分文字的類別。「六書」此一名詞，首先見於《周禮・地官・保氏》：

> 保氏掌諫王惡，而養國子以道，乃教之六藝：一曰五禮，二曰六樂，三曰五射，四曰五馭，五曰六書，六曰九數。

《周禮》把「六書」列於「六藝」之中，並未列出它的細目。到了漢代，班固、鄭眾、許慎等人才分別提出「六書」的細目，並且指出「六書」是中國文字的六種結構法則，依此法則將中國文字區分為六大類，後世學者大多接受此種說法。由於《周禮》把「六書」與其他「五禮」、「五樂」等並列，且又未列出「六書」的細目，後世也有些學者認為「六書」只是學童入學識字的課程，可能是六種字體，並不是文字的結構法則，此處仍以大多數學者採信的舊說為說。

二、六書與文字

六書是中國文字的六種結構法則，那麼，六書與文字究竟是怎

樣的關係呢？是先有六書，然後依據六書的法則造出六類文字？還是先有文字，然後整理出六類的文字呢？如果是先有六書，再據以造出文字，那麼，六書的名稱就只應有一種，而不應有三種不同的名稱了。前面提到古人造字，先是直觀式的，也就是先從眼睛觀看到外物，再以線條把外物的形體描出來，這就是直觀式的造字過程。這種方式的造字，只憑天生的視覺反應，對於所造出的字，可說是知其然而不知其所以然。這種後世稱為「象形」的文字，以及後世對「象形」文所提出的種種觀點，對造字者而言，是沒有甚麼概念的。

　　至於直覺式的造字方式，是心中先有一個意念，也許是一個部位、一個觀念、一個狀態、一個動作，然後再由造字者思索以適當的線條把它表示出來。這種方式的造字，對造字者而言，應該比直觀式的造字更有一些具體的概念。到了以文字組合來表義的造字方式，不論是形與形相益的會意字、或是形與聲相益的形聲字，對造字者而言，應該有更清晰的概念。至於轉注、假借二者，後世的爭議較大，是造字之法？還是用字之法？莫衷一是。可以了解的是，轉注、假借出現的時間應該比前四者為晚，其理論性相對的也比起前四者為高深，才引起後世學者觀點上如此的紛歧。

　　由上面的推論，對六書與文字的關係，可以如此的了解：古人先以視覺反應造字，此時造字者是在不知而行的狀態之下造字的；後以內心體會、感覺造字，此時造字者是在且知且行的狀態之下造字的；再後以文字組合造字，此時造字者是在知而後行的狀態之下而造字。中國文字就是在這種漸進的方式下造出來的。

　　「六書」名稱形成的時代，據文獻資料顯示，是出現在漢代。在造字的當時，即使是已知以文字組合的方式造字，造字者肯定是沒有「象形」、「指事」、「會意」、「形聲」等名稱的想法，但是從殷商甲骨文、金文來看，數量已達三千多字，形體已是如此美觀成熟，

後世所謂的「象形」、「指事」、「會意」、「形聲」等文字都已出現，（「轉注」、「假借」尚有爭議，姑且不談）雖說文獻記載，「六書」的名稱是漢人提出的，但是「六書」此一名詞則是首先出現於《周禮》，漢人之說應是前有所承的。從殷商到戰國，已經過一段長久時間的醞釀，「六書」名稱的出現，在《周禮》同時或稍後，也就是戰國至漢初，應是合理的推測。漢人提出六書的名稱，尤其是《說文》成書之後，中國文字還在不斷的造出，這時的造字，則是在知而後行的狀態之下造出的了。

三、六書名稱的異說

《周禮》「六書」的名稱，到了漢代才提出細目，而所提出的細目卻有三種不同的說法。

（一）鄭眾說

鄭玄《周禮・注》引鄭眾《周禮解詁》說：

> 六書：象形、會意、轉注、處事、假借、諧聲也。

（二）班固說

《漢書・藝文志・六藝略、小學類・序》說：

> 古者八歲入小學，故《周官》保氏掌養國子，教之六書，謂象形、象事、象意、象聲、轉注、假借，造字之本也。

（三）許慎說

《說文・敘》說：

> 《周禮》八歲入小學，保氏教國子，先以六書：一曰指事：指事者，視而可識，察而見意，上下是也。二曰象形：象形者，畫成其物，隨體詰詘，日月是也。三曰形聲：形聲者，以事為名，取譬相成，江河是也。四曰會意：會意者，比類合誼，以見指撝，武信是也。五曰轉注：轉注者，建類一首，

同意相受，考老是也。六曰假借：假借者，本無其字，依聲託
事，令長是也。

以時代先後來說，鄭眾最早，班固次之，而許慎最晚。不過班
固著《漢書・藝文志》，自稱劉歆奏《七略》，「今刪其要，以備篇
籍。」則「六書」之說應據劉歆之言，如此要比鄭眾早些。
比較三家的說法，其相同的是：象形、轉注、假借，不同的是：

1、班固：象事

　鄭眾：處事

　許慎：指事

此一名稱，三家都稱「事」，「事」對「物」而言，「事」是
抽象的，「物」是具體的。「事」包括部位、觀念、狀態、動作等。
這類文字多半是抽象的符號，用符號指明各種部位、觀念、狀態、動
作等事，以此內涵來考量，許慎稱「指事」，名實最相切合。班固稱
「象事」，「事」是虛象，當然也可象，《說文》中也常把指事文稱
爲象形，例如「丂」字是一個表示四面八方壅蔽的符號，六書屬指事，
而《說文》說：「象壅蔽之形。」但是總不如稱「指事」來得貼切。
鄭眾稱「處事」，狀態、部位等事稱「處」是恰當的，至於觀念、動
作等事稱「處」，就值得商榷了。

2、班固：象意

　鄭眾、許慎：會意

此一名稱，三家都稱「意」，凡是文字都有其意，有意自然可
象，只是如此來說，豈不是凡是文字都可稱作「象意」了嗎？此類文
字的特點，是在會合二個以上的文字而成爲另一個新字，所會合的文
字都有它原有的「意」，會合起來又形成另一個新「意」，鄭眾、許
慎稱爲「會意」最能顯示這類文字的特色。

3、班固：象聲

　　鄭眾：諧聲

　　許慎：形聲

　　此一名稱，三家都稱「聲」，都能掌握此類文字帶有「聲符」的特色。但是此類文字是由表義的「形符」與表音的「聲符」結合而成的，班固稱「象聲」，鄭眾稱「諧聲」，都只說到此類文字的一半，另一半「形符」並沒有提到，許慎稱「形聲」，才是名實相符。

　　由以上的比較可知，六書的名稱有三家不同的說法，以名實相合的原則來看，許慎的說法比較妥適，經由六書的名稱，有助於吾人對此類文字的了解，迄今一般都採用許慎之說，是有它的道理的。

第二節　六書的次第

　　漢人提出三種不同的六書名稱，而六書的排列次第，三家之說也不同：

　　一、鄭眾《周禮解詁》：象形、會意、轉注、處事、假借、諧聲。

　　二、班固《漢書·藝文志》：象形、象事、象意、象聲、轉注、假借。

　　三、許慎《說文·敘》：指事、象形、形聲、會意、轉注、假借。

　　六書的次第關係到文字發生的先後次序。文字是表達情意的工具，而造字的目的主要也在藉形以表意，文字與吾人內心的意密不可分。同理，文字的發生先後，也與人的意識發展先後相關。根據心理學家的研究，幼兒的意識發展依循著三個原則：其一是由具體而發展為抽象，其二是由簡單而發展為複雜，其三是由主體而發展為附屬。文字是人造出來的，所造出的各類文字，其出現的先後，大致也是合乎這三個意識發展的原則。

　　六書之中，象形多象實物之形，屬於實象，應是先出現的；指

事多爲觀念、狀態，屬於虛象，應是後於實象出現的；這是先具體後抽象的原則。象形、指事是以線條表義的，比起會意、形聲以文字組合表義的情形要簡單，所以象形、指事先出現，會意、形聲後出現，《說文・敘》說：「倉頡之初作書，蓋依類象形，故謂之文；其後形聲相益，即謂之字。」所謂「依類象形」，指的是象形文、指事文，類有事類、物類之分，形有虛形、實形之別，依物類象物形，此爲象形文，依事類象事形，此爲指事文。所謂「形聲相益」，指的是會意字、形聲字，形與形相益，此爲會意字，形與聲相益，此爲形聲字。許慎之意，是以象形、指事在前，會意、形聲在後，正合乎先簡單後複雜的原則。同是以文字組合表義的會意、形聲，會意是形與形組合，只牽涉到形，比較簡單，形聲是形與聲組合，牽涉到形、聲兩項，比較複雜，所以會意應先出現，形聲後出現。

　　至於轉注、假借，有些學者認爲是用字之法，象形、指事、會意、形聲是造字之法，造字在先，用字在後，應是先有象形、指事、會意、形聲，後有轉注、假借；有些學者則認爲六書都是造字之法，象形、指事、會意、形聲是基本造字之法，轉注、假借是輔助造字之法，基本的在前，輔助的在後，也是主張象形、指事、會意、形聲在前，轉注、假借在後。以上述三個原則來考量三家之說，鄭眾以會意置處事之前，此與先簡單後複雜的原則不合；置轉注於處事、諧聲之前，置假借於諧聲之前，與先主體後附屬的原則不合。許慎以指事置象形之前，此與先具體後抽象的原則不合；置形聲於會意之前，與先簡單後複雜的原則不合；置轉注、假借於最後，則與先主體後附屬的原則相合。班固先象形後象事，先象意後象聲，最後是轉注、假借，與此意識發展的三原則都能相合。依文字發生的先後來看，以班固的說法比較妥適。

第三節　六書的關係

一、體用說

　　戴震《荅江慎修書》：「震謂考老二字，屬諧聲會意者，字之體；引之言轉注者，字之用。轉注之云，古人以其語言爲名類，通以今人語言，猶曰互訓云爾。轉相爲注，互相爲訓，古今語也。」，把六書分爲兩部分，象形、指事、會意、形聲四者是字之體，轉注、假借二者是字之用，此即所謂四體二用之說。「體」對「用」而言，「用」指用字之法，則「體」指造字之法。他的學生段玉裁秉承師說，在《說文·敘》：「保氏教國子先以六書」下注說：「戴先生曰：『指事、象形、形聲、會意四者，字之體也；轉注、叚借二者，字之用也。』聖人復起，不易斯言矣。」自來學者多從其說。關於戴氏何以會認定轉注、假借爲用字之法？以及四體二用說之是非得失，在〈進階篇〉再作討論。

二、造字說

　　班固《漢書·藝文志·六藝略·小學類·序》說：

> 　　古者八歲入小學，故《周官》保氏掌養國子，教之六書，謂象形、象事、象意、象聲、轉注、假借，造字之本也。

認爲六書是「造字之本」，把六書看作是六種造字的方法。後來先師魯實先先生在給楊遇夫先生的信中談到假借爲造字準則，且舉「哨」、「謚」、「軒」、「矕」、「鰤」、「獄」、「語」、「朕」、「柄」、「暍」等十字爲例，楊先生甚爲贊同，並另舉五十餘例而作〈造字時有通借證〉一文以應魯師之說。但是楊先生仍受《說文·敘》所說：「假借者，本無其字，依聲託事，令長是也」的影響，而在文中提出說明：「名曰通借者，以別於六書之假借，及經傳用字之假借。」魯

師爲了證明六書之假借是造字假借，而非如《說文‧敘》所說的用字假借，所以又撰寫《假借遡原》一書，從甲骨文、金文，以及經傳中舉證，提出四體二輔六法之說。其所謂「六法」者，謂六書皆造字之法；其所謂「四體」者，謂象形、指事、會意、形聲四者，爲造字之本體，亦即基本造字之法；其所謂「二輔」者，謂轉注、假借二者，爲造字之輔翼，亦即輔助造字之法。

第四節　六書的反響

　　漢人提出六書的細目，許慎在《說文‧敘》給六書下了定義之後，六書是中國文字的結構法則，已成定說。但是還有一些學者，覺得有些文字以六書分類，或以爲象形、或以爲指事，可能難有定論。甚至有些文字，根本無法以六書規範。於是對六書之說提出了修正的意見。

一、唐蘭的三書說

　　唐蘭在《古文字學導論》中對傳統六書之說提出了疑問，他說：

　　　　指事、象形、會意、形聲是四種文字的名稱，而轉注、假借卻是文字應用時的方法，這種混淆，很容易使人誤會。

於是他就提出了「三書」的說法，他說：

　　　　我把中國文字分析爲三種，名爲三書：第一是象形文字，第二是象意文字，這兩種是屬於上古期的圖畫文字，第三是形聲文字，是屬於近古期的聲符文字。這三種文字的分類，可以包括盡一切中國文字，不歸於形，必歸於意，不歸於意，必歸於聲。

唐氏三書說中，需要說明的是「象意文字」，唐氏所謂的「象意文字」，包括過去學者所稱的合體象形、會意、指事在內。簡單的說，即把三書中象單體物形的「象形文字」，和注有聲符的「形聲文字」除外，其餘的就是「象意文字」。

唐氏在「三書」之外，又在《中國文字學》一書中提出「六技」的補充說明，所謂「六技」是：分化、引申、假借、孳乳、轉注、繁益。前三者是文字史上的三條大路，分化屬形體，引申屬意義，假借屬聲音；後三者是由舊的圖畫文字轉變到新的形聲文字的三個途徑。

二、三書說的衍議

唐氏提出「三書」說之後，引起文字學界的注目，不少學者響應唐氏之說，但也對唐氏「三書」說提出修正的意見。

（一）陳夢家的三書說

陳夢家在《殷墟卜辭綜述》中提出他的新三書說，他說：

> 象形、假借和形聲是從以象形為構造原則下逐漸產生的三種基本類型，是漢字的基本類型。

陳氏把唐氏的「象意文字」併入「象形」，而把原來「六書」中的「假借」列為漢字的三種基本類型之一。

（二）裘錫圭的三書說

裘錫圭先生在他所著《文字學概要》一書中，對唐氏的三書說的缺失提出了簡要的意見，他認為唐氏的三書說，把三書跟文字的形意聲三方面相比附，沒有給非圖畫文字類型的表意字留下位置，象形、象意的劃分意義不大，把假借字排除在漢字基本類型之外，是有問題的。

裘氏認為陳夢家的三書說基本上是合理的，只是象形包含了唐氏的象意文字，已對漢字中的表意文字加以注意卻仍未給予正名，所以裘氏提出了他的新三書說，他說：

　　三書說把漢字分成表意字、假借字和形聲字三類。表意字
使用意符，也可以稱為意符字。假借字使用音符，也可以稱為
表音字或音符字。形聲字同時使用意符和音符，也可以稱為半
表意半表音字，或意符音符字。

第五節　對六書的看法

　　六書是先民對中國文字的結構歸納整理出來的六種類型，後世
學者對六書有不同的意見，有的學者提出四體二用說，把六書分為造
字、用字二類，有的學者提出四體六法說，把六書看作造字之法。儘
管說法不同，對六書還是很重視。

　　許慎在《說文・敘》中對六書的定義有所說明，只是由於說明
的文字過於簡要，加以許慎在《說文》正文中對字形的說解，有時用
字不甚嚴謹，以致引起後世對某些文字的形構了解模糊，乃至對此字
的六書所屬產生不同的意見。再者，六書提出之前，先民但憑目之所
見，耳之所聞，心之所會來造字，對文字原理並無所知。六書提出之
後，先民對文字原理已有概念，而據以造字，時至今日，許多理工科
技方面的新詞，都是採用形聲造字，而合乎六書規範的。後世也出現
一些不合六書規範的文字，諸如乒、乓等緣音隨形附會的字，又如冇、
冇等方言字，又如卍等外來語。由於對某些字的六書歸類不一致，有
些字又不合六書規範，於是有些學者，從而對六書表示懷疑，而有所
謂三書說的提出。其實六書對中國文字的結構與分類，仍有它的價值，
不宜以此而否定六書，揚棄六書。

第七章　《說文解字》概述

　　《說文解字》是中國現存最早的一部文字學鉅著，自漢代以來一直受到學術界的重視與推崇。要了解中國文字，必須從《說文解字》著手，要研究中國文字，更需要以《說文解字》爲依據。許慎撰《說文解字》，有很多開創性的安排，譬如分部收字，逐字釋形等，對後世都有極大的影響。只是後世的字書字典，雖然承襲《說文解字》分部的安排，而在分部的處理卻與《說文解字》頗有出入，爲了使初學者能方便而有效的使用《說文解字》，本章對《說文解字》有關體例的一些問題，諸如分部、說解文字的方式等，作一簡要的說明。

第一節　《說文》的作者與著書年代

一、《說文》的作者

　　許慎字叔重，汝南召陵（今河南省郾城縣）人，東漢著名經學家、文字學家。生卒年已無可考，清人根據其師賈逵生於東漢光武建武六年（西元 30 年）推斷，約生於明帝之初（永平元年，西元 58 年），又根據《後漢書・西南夷傳・夜郎傳》「桓帝時郡人尹珍……從汝南許慎、應奉受經書圖緯」等語，推斷約卒於桓帝之初（建和元年，西元 147 年）。《後漢書・儒林傳・許慎傳》：「時人爲之語曰：五經無雙許叔重。」著有《五經異義》十卷、《說文解字》十五卷。生平事跡可參考《說文解字・後敘》、許沖〈上《說文解字》表〉、嚴可均〈許君事跡考〉等。

二、《説文》著成年代

　　《說文解字‧後敘》云：「粵在永元，困頓之年，孟陬之月，朔日甲申。」段玉裁注：「漢和帝永元十二年，歲在庚子。《爾雅》曰：『歲在庚曰上章，在子曰困頓』。《爾雅》曰：『正月爲陬月』。」是許慎〈後敘〉寫在和帝永元十二年庚子年正月初一甲申日。〈後敘〉中提到：「此十四篇，五百四十部也。九千三百五十三文，重一千一百六十三，解說凡十三萬三千四百四十一字。」則當時許慎撰寫《說文》，應是初稿已經寫成。

　　許沖〈上《說文解字》表〉云：「慎博通人，考之於逵，作《說文解字》……凡十五卷，十三萬三千四百四十一字。慎前以詔書校書東觀，教小黃門孟生、李喜等，以文字未定，未奏上。」段玉裁注：「既云文九千三百五十三，重千一百六十三，解說十三萬三千四百四十一字，則文字已定矣，何以云未定也？古人著書不自謂是時有增刪改竄，故未死以前不自謂成。」表又云：「建光元年九月己亥朔，二十日戊午上。」段注：「建光元年，安帝即位之十五年，歲在辛酉。自和帝永元十二年，歲在庚子，至此凡廿二年。」依段氏之意，許慎《說文解字》應是成書於和帝永元十二年（西元 100 年），經二十二年後，當安帝建光元年（西元 121 年），因許慎病重，乃命子沖詣闕呈上《說文解字》一書。

第二節 《說文》的篇卷

《說文‧敘》：「此十四篇，五百四十部也。」《後漢書‧儒林傳‧許慎傳》說：「慎……於是撰爲《五經異義》，又作《說文解字》十四篇。」許沖〈上安帝表〉說：「慎……作《說文解字》……凡十五卷。」段注云：「沖云十五卷，則此敘別爲一卷明矣，許云十四篇者，不數敘言之也，沖云十五卷者，兼舉敘也。」《隋書‧經籍志》云：「《說文》十五卷」，此兼含敘目在內。

《說文》正文十四篇，大徐本每篇分爲上、下兩卷，故《四庫全書‧簡明目錄》云：「《說文解字》三十卷」。其中第十一篇上，由於正文及注文太多，至清人作注，乃又分爲上一、上二兩卷。第十五卷爲敘目，亦分爲上下兩卷。然則今傳《說文》實爲三十一卷。

敘目內容分爲三部分：

一、前敘：敘說中國文字的起源與創作，文與字的區別，六書的定義，中國文字的演化與整理，秦書八體，王莽六書，許慎撰寫《說文解字》之動機，《說文》敘列篆體、博采通人、稱引經書等作書之體例。

二、五百四十部首目次表。

三、後敘：敘說《說文》的內容、分部，以及撰寫〈後敘〉的時日。敘目之後附錄許沖〈上《說文解字》表〉。

第三節 《說文》的版本

　　《說文解字》成書於東漢和帝永元十二年(西元 100 年)，後二十一年，許慎病篤，始遣子沖上此書於安帝，遂顯於世。《說文》原本 早已亡佚，今所見《說文》傳本，以唐本爲最古，其次爲宋本，分述如下：

一、唐本

（一）唐寫本

　　今日所見唐寫本《說文》有二：一爲木部殘卷，一爲口部殘卷。

1、木部殘卷

　　清莫友芝於穆宗同治二年（西元 1863 年），在安徽黟縣令張仁法處所得，共六紙，存一百八十八字，約爲《說文》全書五十分之一。此本今爲日人內滕虎氏所得。

　　唐寫本木部與二徐本互有異同，可參考莫氏箋異、周祖謨問學集、高明文輯等。

　　二徐本中所載李陽冰之異說，而木部殘卷卻一字不見，由此可斷定，唐寫本木部殘卷，先於李陽冰本。

2、口部殘卷

　　口部殘卷有二：一爲日人平子尚氏所藏，存四字;一爲日人某氏所藏，存六行，「唁」、「哀」、「殼」、「啚」、「嘆」、「昏」、「喉」、「吠」、「噪」、「獋」、「哮」、「喔」等十二字。

　　前者今已不可見，後者則見於日本京都東方學報第十冊第一分「說文展覽餘錄」中。口部殘簡，殆又先於木部殘卷。

（二）李陽冰改本

　　李陽冰，字少溫，趙郡人。唐書無傳，其生卒年均不可考。著有《刊定說文解字》，今已亡佚。

　　從徐鉉上太宗書，可知陽冰之篆法，殊絕於時，然疏於字學，又不守許說，妄加更改《說文》。其於說解，過於武斷，多牽強附會，故二徐本出，其書遂漸式微。徐鍇《說文繫傳祛妄篇》專祛除陽冰之妄說，共收陽冰以私意改《說文》者五十八篆。周祖謨〈李陽冰篆書考〉認為李陽冰刊定《說文》的重點約有三項：一為論定筆法，二為別立新解，三為刊正形聲，分述如下：

1、論定筆法

　　對於後世傳本《說文》中的篆文，書寫不規範或不正確之處，予以修正。如《說文》：「王、天下所歸往也，董仲舒曰：古之造文者，三畫而連其中謂之王，三者天地人也，而參通之者王也。」徐鉉云：「李陽冰曰：中畫近上，王者則天義。」

2、別立新解

　　對於許慎的某些解說，李陽冰大膽提出懷疑，表示不同的意見。如：《說文》：「隹、鳥之短尾總名也。」徐鍇說：「陽冰云：鳥之總稱，《爾雅》長尾而從隹，知非短尾之稱。」徐氏以為「本注當言亦總名，脫亦一字爾，不然者，許慎豈如此之疏乎？」

3、刊定形聲

　　對許慎所分析之字形結構中的形符、聲符，或有不同的看法，而予以刊定。如《說文》：「合、合會也，从亼从口。」徐鉉說：「陽冰云：從口非是。」

　　又如《說文》：「路、道也，从足各聲。」徐鍇說：「陽冰云：非各聲，從足輅省。」徐氏以為《周禮》車輅字多借路字，然則先有路字後有輅字，不得云路從輅省。

　　可見李陽冰對形聲的刊定，不是很正確的。所以周祖謨以為「考其所論，言筆法者多本諸秦篆，論義訓聲音者，則多出於己見，無所依傍。」

　　雖然李陽冰刊定《說文》有些地方不免過於武斷，但有些說法也未必是錯誤的，對李陽冰刊定說文》的功績和所立新義，今天也應該有一個客觀的評價。如《說文》：「子、十一月昜气動，萬物滋，人以爲偁。」李陽冰曰：「子在襁褓中，足并也。」

　　又如《說文》：「木、從屮，下像其根。」陽冰云：「像木之形……豈取像於卉乎？」凡此刊定《說文》釋形之誤，都是很正確的。

二、宋本

（一）大徐本

　　徐鉉（西元 916～991 年），字鼎臣，揚州廣陵人。著有校定《說文》三十卷。世稱大徐本。大徐本，非鉉一人所撰。其於《說文》的貢獻主要有如下四點：

1、增加注釋

　　大徐本增加的注釋，今本《說文》都以小字標出，而以「臣鉉等曰」標明。大徐本增加的注釋，對後人閱讀《說文》很有幫助。如《說文》云：「盇、覆也。從血大。」此字「從血大」難以理解。徐鉉注云：「臣鉉等曰，大象蓋覆之形。」。他能靈活看待「大」，說它像「蓋覆之形」，這就使讀者容易理解其結構了。

2、增加新附字

　　《進皇帝表》說：「許慎注義、序例中所載而諸部不見者，審知漏落，悉從補錄，復有經典相承傳寫及時俗要用，而《說文》不載者，承詔皆附益之，以廣篆籀之路。」這段話載明了徐鉉等人選錄新附字的原則是：

　　(1)見於《說文》解說詞、敘言中而未被許慎列爲字頭的字。

　　(2)經典常用字。

　　(3)民俗常用字。

徐氏計補「詔」、「志」、「件」、「借」、「虦」、「綦」、「剔」、「臀」、「醆」、「趄」、「頖」、「璵」、「癏」、「楸」、「緻」、「笑」、「迀」「睆」、「峯」等十九篆。

大徐又增加新附字四百零二個。這些新附字按部首列在《說文》各部之末，別題曰「新附字」以示區別。

3、增加反切

《進皇帝表》說：「《說文》之時未有反切，後人附益，互有異同，孫恤《唐韻》行之已久，今並以孫恤音切爲定，庶夫學者有所適從。」大徐本《說文》加注的反切都依據孫恤的《唐韻》，這在無意中又爲後人保存了一份可貴的古音資料。

4、改易分卷

《說文》原書十五卷，徐鉉以爲編帙繁重，將每卷各分上下，共爲三十卷。徐鉉等人校定《說文》，態度嚴肅，功績甚大。所以黃侃先生主張「治《說文》者，但當遵守大徐，求其義例，必不得已，再取小徐《繫傳》證之。」

徐鉉等人校定《說文》也有一些缺點。錢大昕說：「鉉等雖尙篆書，然於形聲相從之例不能悉通，妄以臆說，如《說文》『代』取『弋』聲，徐以『弋』爲非聲，疑兼有『忒』聲，不知『忒』亦從『弋』聲也。」又說，大徐本「增入會意之訓，大半穿鑿附會。」

（二）小徐本

徐鍇（西元 920～974 年），字楚金，先世會稽人，後遷居廣陵，因而通稱爲廣陵人。著有《說文解字繫傳》四十卷，世稱小徐本。另有《說文韻譜》五卷。

內容

《說文繫傳》的內容分爲八部分：

　　1、「通釋」三十卷，解釋《說文》原書的說解。

　　2、「部敘」二卷，推陳《說文》五百四十部排列次序之義。

　　3、「通論」三卷，發揮文字形構之含義。

　　4、「祛妄」一卷，駁斥李陽冰說字之謬見。

　　5、「類聚」一卷，舉同類名物之字，以說明其取象。

　　6、「錯綜」一卷，從人事方面推闡古人造字之意。

　　7、「疑義」一卷，論列《說文》所闕之字及字體與小篆不合之字。

　　8、「系述」一卷，說明各篇著述之旨。

　　全書所以名為「繫傳」者，蓋取法《易傳》之意。徐氏以為「文字之義，無出《說文》」，所以把《說文》比作經，而稱自己所作解釋為傳，傳繫之於經，所以稱為「繫傳」。

特點

　　徐鍇《說文繫傳》對《說文》以及文字學有以下幾點貢獻：

　　1、以今語俗言闡述《說文》的字義說解

　　如《說文》：「呧、苛也，從口氐聲。」徐鍇曰：「今人謂詰難之為呧呵」，此以今語「呧呵」說明《說文》釋呧為苛之義。

　　又如《說文》：「顛、頭不正也，從頁舁聲」，徐鍇曰：「俗言顛掉不定」，此以俗語「顛掉不定」說明《說文》釋顛為頭不正之義。

　　2、申明假借、引申之義

　　徐鍇注釋中，往往附帶注明假借和引申義，如《說文》：「難、鳥也」，徐鍇曰：「借為難易之難」此申明假借義。

　　又如《說文》：「極、棟也」，徐鍇曰：「按：極，屋脊之棟也。今人謂高及甚為極，義出於此。」此申明引伸義。

　　3、藉由聲音以探求字義

徐鍇通釋字義，經常由聲音入手以探求字義之原由，對「聲訓」釋義的方法有所闡發。

如《說文》：「禎、祥也」，徐鍇曰：「禎者，貞也。貞，正也。人有善，天以符端正告之也。《周禮》曰：『祈永貞』」。從禎、貞、正之間的聲音關係去探求字義。

4、明古今字

徐鍇「通釋」釋一字形義，往往兼及古今形體，使人藉以明白古字、正字之變及今字、俗字之本。如《說文》：「縣、繫也」，徐鍇曰：「按：懸，今人加心。」明縣是古字，懸是今字。

5、以《說文》訓釋闡發古書之義

徐鍇於「通釋」之中，有時利用《說文》訓釋來說解古書之義。如《說文》：「契、大約也，從大㓞聲。《易》曰：『後代聖人易之以書契。』」。徐鍇曰：「按：《周禮》：『司約掌萬民之約。大約劑，書於宗彝。』注：『大約，邦國約也。』劑即券契也。《春秋左傳》：『王叔氏不能舉其契。』《韓子》：『宋人得契，密數其齒。』謂以刀分之，有相入之齒縫也。刀判缺之，故曰契。劑亦分也，券猶辨也，義亦同契。」從《說文》釋「契」爲大約，引《易》「書契」之辭，溝通說明《周禮》「大約劑」、《左傳》「舉契」、《韓子》「得契」等辭之義。

<h3>缺點</h3>

《說文繫傳》也有其缺失，主要是因爲徐鍇太偏重因音求義，所以在解字形方面，不免過分偏重會意而忽略形聲，有些字《說文》釋爲「从某某聲」的，徐氏往往認爲傳寫有誤，而改爲「从某某」會意。如《說文》：「神、天神引出萬物者也。从示申聲。」徐鍇改作「从示申」。或者《說文》釋爲「从某某聲」的字，改爲「从某某、某亦聲」如《說文》：「菜、艸之可食者，从艸采聲。」徐鍇說改作

「从艸釆、釆亦聲」。

（三）今日通行本

今日通行之本則皆爲二徐本，鍇本有景鈔宋本，鉉本有宋刻本。鉉本宋刻本流傳甚稀，元、明學者所見多爲李燾韻譜本。晚明毛晉及其子毛扆，依宋刻小字本以大字雕版印行。毛本後又依《繫傳》剜改鉉本，遂與原刻不合。

清人又據宋本重刻，計有：

1、藤花榭本：額勒布刻鮑惜分所藏宋本。

2、平津館本：孫星衍重刊仿宋小字本。

3、丁少山影刊宋監本。

三本皆出於宋本，而以孫本譌字較少。孫本後燬於兵燹，又有孫刻重刊本多種：

1、蘇州浦氏修補重印本。

2、平江洪氏翻刻本。

3、吳縣朱氏重刻平津館叢書本。

4、廣東陳昌治翻孫刻一篆一行本。

5、《小學彙函》翻孫本。

清人所著錄宋本《說文》有小字本、大字本之別：據段玉裁《汲古閣說文校訂》，小字本有三種：

1、王昶所藏宋小字本。段氏作《汲古閣說文校訂》，即據此本。

2、元和周錫瓚（漪塘）所藏宋小字本。段氏稱「周氏宋本」。

3、明葉萬（石君）影鈔宋本。段氏稱爲「葉本」。

大字本則只有明、趙均靈景鈔宋本。今日所能見到的宋本，僅涵芬樓景印之王氏宋本，收於《續古逸叢書》及《四部叢刊》中。

第四節 《說文》的分部

一、分部

（一）分立 540 部

《說文》收字 9353，分為五百四十部。也就是說，《說文》全書 9353 個字頭，是依照 540 個部首部排列的。分部的意義在於分類管理，《說文》分為 540 部，即是將 9353 字分為 540 類。這種按部首來編排的有系統的字書，《說文》是最早的一部，分部收字的理念是許慎創始的。

（二）始一終亥

〈後敍〉說：「其建首也，立一為耑……畢終於亥。」五百四十部的排列次序是始於「一」部，終於「亥」部。許慎之所以如此安排，是受了漢代陰陽五行家學說的影響，他認為「一」是萬物的本原，萬物生於一，《說文》說：「一、惟初太極，道立於一，造分天地，化成萬物。」所以把「一」立為五百四十部之首。他又認為「亥」是萬物的終極，《說文》說：「亥、荄也。」荄義為艸根，引伸有終極之義，段注：「〈律厤志〉曰：『該閡於亥』。〈天文訓〉曰：『亥者閡也』。〈釋名〉曰：『亥、核也』。收藏萬物，核取其好惡真偽也。」，段氏以聲訓說之，以為該、閡、核並从亥聲，聲同義近，都有收容、包含之義，也都與終極之義相近，所以把「亥」立為五百四十部之末，含有周而復始，生生不息之義。

（三）據形繫聯

五百四十部除了始一終亥之外，各部之間則是依形體相近者排序，此即〈後敍〉所說「據形繫聯」。如「二」（上）部次於「一」部之後，是因為「二」字短畫在長畫之上，與「一」形相近。「示」

部次於「二」部之後，是因爲「示」字从「二」，與「二」形相近。
「三」部次於「示」部之後，是因爲「示」字下有三垂，與「三」形
相近。「王」部次於「三」部之後，是因爲「王」字从一貫三，與
「三」形相近。「玉」部也是次於「三」部之後，是因爲「玉」字篆
文作「王」，象三玉相連，與「三」形也相近。「玨」部次於「玉」
部之後，是因爲「玨」字从二玉，與「玉」形相近。如此五百四十
部，即是依下一部首字與上一部首字形體相近的原則，從一部開始，
一部一部聯綴下去，直到亥部爲止。這與目前一般字典依筆畫數多少
排序的方式是不同的。

二、入部

《說文》收 9353 字，分爲 540 部。把這些字歸入到各部之中，這
就稱爲入部。

（一）凡某之屬皆从某

《說文》中的這許多字，依據甚麼原則歸入 540 部的呢？

〈後敘〉說：「方以類聚，物以群分，同條牽屬，共理相貫，
雜而不越，據形繫聯，引而申之，以究萬原。」段注：「類聚謂同部
也，群分謂異部也。」部首相同的字歸在同一部，部首不同的字各歸
不同的部，此即〈後敘〉所說「方以類聚，物以群分」。

《說文》分五百四十部，每一部以一字爲代表，列於該部之
首，稱爲部首。於部首字之下必有「凡某之屬皆从某」這句話，這是
許慎用來說明各字入部的原則。此所謂「屬」，指形類而言。義謂凡
是屬於某一形類的字，皆由此一形類構成；亦即凡是歸於某一部內之
字，皆从此一部首字構形。如「凡羊之屬皆从羊」，謂《說文》中
羔、羍、羒、羝等二十六字，皆由羊字構形，皆歸入羊部，此即許慎
所說「方以類聚」。至於祥、詳、翔、庠、恙、癢、鷊、養、洋、
羏、蛘、姜等十二字，皆由羊字得聲，非由羊字構形，不當歸入羊

部，而應各歸入示、言、羽、广、心、疒、鬲、食、水、永、虫、女等各字所从構形之部，此即許慎所說「物以群分」。《說文》部首原則上應是形旁，只有少數幾個部首是聲旁，如句部中的拘、笥、鉤等三字从句得聲，丩部中的茻、糾等二字从丩得聲，這是例外的，有些學者甚至認為這是許慎釋形的錯誤。

（二）部內諸字的排列

清人將《說文》第十一篇水部的字分為上一、上二兩卷，上一水部的字都是水名，上二水部的字都是水名以外與水相關的字，諸如水的性質、狀態、動作、聲音等。由此可以得到一個啟示，《說文》各部內諸字，是依據字義相近的原則而排列在一起的，如牛部四十五字，其中牡、犅、特、牝等字排在一起，與牛的性別有關；犢、牸、犙、牭等字排在一起，與牛的年齡大小有關；牻、㹊、犥、㸹等字排在一起，與牛的毛色有關。這與一般字典依筆畫數多少排列的方式不同。

《說文》部內諸字的排序，除了上述依字義相近的原則之外，還有一些特別的情形：

1、上諱之字，列在部首字之下。所謂「上諱」，就是國君的名字。許慎是東漢人，對於東漢國君的名字，要列在部內其他字的前面，而且只寫「上諱」二字，不列出篆文，也不解說此字的字義、字形與字音，這是在古代君主政治的時代，表示對國君的尊崇。段玉裁在「祜」字下有所說明，他說：

> 言上諱者五，禾部「秀」，漢世祖名也；艸部「莊」，顯宗名也；火部「炟」，肅宗名也；戈部「肇」，孝和帝名也；示部「祜」，恭宗名也。殤帝名「隆」，不與焉。……計許君卒於恭宗已後，自恭宗至世祖適五世，世祖已上，雖高帝不諱，蓋漢制也。此書之例，當是不書其字，但書上諱二字，書其字則

　　　非譁矣，今本有篆文者，後人補之。不書，故其詁訓形聲俱不
　　　言。

　　2、難懂的字列在易知的字之前先加說明。如「輒」、「輢」二
字，在漢代「輒」字難，「輢」字易，所以「輒」字列在前，解說其
義云：「車兩輢也」，而列「輢」字於後，解釋說：「車旁也。」

　　3、有關人事的字先列，有關物體的字後列。如「肉」的本義是
「戠肉」，即鳥獸身上大塊的肉，而「肉」部卻先列與人有關的字，
像「朑」（婦孕始兆）、「肧」（婦孕一月）、「胎」（婦孕三月）
等字與人有關，列於前；至於像「膌」（牛羊曰肥，豕曰膌）、
「胡」（牛顄乑）、「胘」（牛百葉）等字與動物有關，則列於後。

第五節　《說文》說解文字的方式

一、說解文字的內容項目與次序

　　《說文》說解某一文字，先列出其篆文，次說解字義，次說解
字形，次說解字音，次補充說明。補充說明部分，或說明重文異體、
或說明又說、或說明稱引經書古籍、或說明以為，但非每一文字皆有
此補充說明。

（一）列出篆文

　　許慎著《說文》，以篆文為主，所以每說解一個文字，先列出
它的小篆，如果此一文字不止一個形體，就把這些古文、籀文等異體
附在小篆之下，《說文‧敘》云：「今敘篆文，合以古籀。」即是此
意，這是《說文》的正例，如：

　　　旁、溥也。从二，闕，方聲。𠂤、古文旁。𠂤、亦古文
　　旁。𩈭、籀文。（二部）

　　旁字《說文》共收四種形體，「甬」是篆文，首先列出，有關旁字的字義、字形、字音的解說，都在篆文「甬」下說明。然後再列出重文，計古文二形，籀文一形。重文之下，不再解說它的字義、字音，至於字形，有的解說，有的不解說，像旁的古文、籀文都沒有解說。

　　《說文》有些字，先把古文、籀文列出，篆文反而附列在後，作爲重文，這是變例。如：

呂、脊骨也。象形。膂、篆文呂从肉旅聲。（呂部）

「膂」是篆文而列於古文「呂」之後，這是先古後篆例。又如：

鄰、陋也。从鄰㐅聲。㐅、籀文嗌字。隘、篆文鄰从𨸏益。（鄰部）

段注：「鄰、籀文也，隘、小篆也。先籀而後篆者，爲其字之从兩𨸏也。」這是先籀後篆例。

（二）說解字義

1、說解字義的類型

　　《說文》說解字義的類型有三種：

（1）義訓

義訓又分爲二種：

（子）義界

　　用一句話、或幾句話或一個詞或一個字，來說解字義。如「一、惟初太極，道立於一，造分天地，化成萬物。」此以幾句話說解「一」字之義。

　　又如「祝、祭主贊詞者。」此以一句話說解「祝」字之義。

　　又如「玦、玉佩也。」此以一個詞說解「玦」字之義。

　　又如「珥、瑱也。」此以一個字說解「珥」字之義。

（丑）互訓

以互相解釋或輾轉相釋的方式說解字義。如「老、考也。」「考、老也。」此以互相解釋方式說解字義。

又如「祿、福也。」「禧、福也。」「祥、福也。」「祉、福也。」此以同義解釋方式說解字義。

又如「論、議也。」「議、語也。」「語、論也。」「言、直言曰言，論難曰語。」此以輾轉相釋方式說解字義。關於義訓的類型，章季濤《怎樣學習說文解字》第三章第二節有詳細的說明，可供參考。

（2）形訓

用解析字形結構的方式說解字義，稱為形訓。如「武、楚莊王曰：夫武定功戢兵，故止戈為武。」武字从止从戈會意，《說文》引《左傳‧宣公十二年》楚莊王語「止戈為武」來說解「武」字之義。「止戈為武」是說解「武」字的形構，而「武」字之義即在形中。

（3）**聲訓**

（子）聲訓的定義

用一個音同或音近的字來說解字義，稱為聲訓，又稱音訓。如「衣、依也。」此以音同之字為訓。

又如「天、顛也。」天、顛二字的韻（收音）相同，此以疊韻之字為訓。

又如「儒、柔也。」儒、柔二字的聲（發音）相同，此以雙聲之字為訓。

（丑）聲訓的條例

A.用以訓釋之字，與被解釋之字，必須有聲韻上之關係。如依與衣同音。

B.用以訓釋之字，只是被解釋之字的引伸義。如顛義為頭頂，是天的引伸義。

C.用以訓釋之字，與被解釋之字，不可顛倒互訓。如顛可用以訓天，天不可用以訓顛，不能說「顛、天也。」

D.用以訓釋之字，與被解釋之字，在字義上有其差距，《說文》通常以兩種方式補充說明之：

a.以釋義方式補充說明：如「天、顛也。至高無上。从一大。」「顛」是聲訓，「至高無上」即是以釋義方式補充說明「天」之字義，亦即「天」字之本義所在。

b.以釋形方式補充說明：如「牛、事也，理也。像頭角三封尾之形。」「事」、「理」是疊韻爲訓，「像頭角三封尾之形」即是以釋形方式補充說明「牛」之字義。

（寅）聲訓的作用

A.可以推求詞語得名之根源。

黃侃先生〈訓詁構成之方式〉云：「凡字不但求其義訓，且推其字義得聲之由來，謂之推因。如：《說文》：『天、顛也。』是。天之形作一大，吾知之矣。其何以讀同於顛也？蓋古人製字，凡在上之義其音多同……故凡在上者多發舌頭音，天之訓顛，即言其得音得義之由來也。」

B.可藉以了解音與義之密切關係。

段玉裁於《說文》「禛」字下注云：「聲與義同源，故諧聲之偏旁，多與字義相近，此會意、形聲兩兼之字致多也。」聲訓之字與被解釋之字音同或音近，可藉此瞭解聲義同原之說。

2、一字多義

《說文》是字書，主要是站在造字的立場，說解文字的本形本義本音。文字的本義只有一個，所以《說文》說解字義也應只釋本義一義，其他引伸義、假借義等，於例不必解說，字書與一般字典不同之處即在於此。字典是站在用字的立場，只要與此一文字有關的音

義，都應收錄而加以解說。然而《說文》說解字義有時也不只一義，而呈現一字多義的情形。分述如下：

（1）多義而同為本義

《說文》在一字下說解多義，而都與字形相合，都是本義，這是同形異字的關係。如「丨、下上通也。引而上行讀若囟。引而下行讀若退。」「丨」之一形共有三義三音，「下上通」是一義，音「古本切」；「引而上行」是又一義，音囟；「引而下行」是又一義，音退。本為三個字，各有其音義，由於形體相同，《說文》把它們併在一起，看起來就像一字多義了。由於各義皆與形體相合，都是本義，不能說孰是孰非，也就無涉體例的問題。

（2）多義而或為本義或否

《說文》在一字下說解多義，除了上述同形異字而同為本義之外，還有下列一些情形：

（子）先釋本義，再釋引伸義或假借義

如「禋、絜祀也。一曰：精意以享為禋。」「絜祀」是其本義，「精意以享」是其引伸義。《說文》體例只須說解本義一義，無須說解引伸義，這便牽涉到體例是非的問題了

（丑）先釋引伸義或假借義，再釋本義

如「初、始也。从刀衣。裁衣之始也。」「初」字从刀衣會意，「裁衣之始也」是其本義，「始也」是其引伸義。《說文》一書，以解說本義為主要目的，今「初」字先釋引伸義，是誤以引伸義為本義，這便牽涉到釋義和體例是非的問題了。

（寅）多義而為引伸義、或為假借義，本義闕如

如「酒、就也。所以就人性之善惡。从水酉，酉亦聲。一曰、造也。吉凶所造起也。」「就也」、「造也」都是引伸義，而本義闕如，這仍然牽涉到釋義和體例是非的問題。

3、義在形中

中國文字是表意文字，造字時據義以造形，用字時則據形以知義，基本上字形與字義是相合的，應該說中國文字都是義在形中的。不過這裡所說的「義在形中」，是指《說文》中的一些許慎在說解時，只說解字形，而未說解字義的字而言。許慎之意，以為這些字的形義關係，比起其他的字更為密切，如果釋形又釋義，不免重複，所以就只釋形而把釋義略過。如「曲、象器曲受物之形也。」、「象器曲受物之形也」是釋「曲」字之形構，但吾人從此釋形，便知其義是「受物之曲器」。這與「闕義」不同，「闕義」是許慎對某字之義，知之未詳，故闕而不言；而「義在形中」則是許慎已知其義，為免重複，故略而未言。

4、闕義

《說文·敘》說：「其於所不知，蓋闕如也。」這是許慎表示認真負責的態度，知道的就說，不知道的就不亂說。「闕」在《說文》中，實際上已成為一條規律，可稱之為「闕例」。「闕義」是「闕例」之一。《說文》對於某些字義有所疑義，便闕而不言，如「戠、闕。从戈从音。」「闕」謂「戠」字之義未詳，故闕而不言。

5、釋義的特例

（1）聯緜字

有些字是合二字以成義，二字不可分釋，否則便不成義　或是另為他義，這些字稱為「聯緜字」，或稱為「衍聲複詞」。《說文》對於這些「聯緜字」，採取二字不分釋的方式，如「玫」、「瑰」是聯緜字，《說文》云：

> 玫、玫瑰、火齊珠。一曰、石之美者。从玉文聲。
> 瑰、玫瑰也。从玉鬼聲。

在「玟」字下先列出聯緜字「玟瑰」，再解說其義為「火齊珠」，而於「瑰」字下只列出聯緜字「玟瑰」，不再釋其義。

還有一種情形，是這組聯緜字，其中一字具有另一義，可以分釋，《說文》的的釋義方式不同，如：

> 荏、桂荏，蘇也。从艸任聲。
>
> 蘇、桂荏也。从艸穌聲。
>
> 桂、江南木，百藥之長。从木圭聲。

「桂荏」是聯緜字，別名「蘇」，「桂」字另有藥名之義，而「荏」字則否，必須與「桂」字相合乃成一義，這從《說文》釋義方式的不同，可以看得出來。

（2）以異體字相釋

《說文》有時以異體字（重文）來解釋字義，如：

烏、離也。象形。離、篆文烏从隹昔。

（3）以假借字相釋

《說文》有時以假借字來解釋字義。如：

> 匃、气也。亡人為匃。逯安說。
>
> 气、雲气也。象形。

「匃」今形變作「丐」，是气求之義。「气」本義是雲气，假借為气求，以「气」釋「匃」，用的是假借字，不能看成是雲气之義，更不能說是《說文》釋義之誤。

（4）以義近字相釋

《說文》有時以義相近的字來解釋字義，如「婦」、「女」二字之義相近，《說文》云：

> 女、婦人也。象形。王育說。
>
> 婦、服也。从女持帚灑埽也。

段注：「渾言之，女亦婦人也；析言之，適人乃言婦人也。」

（5）以對列方式相釋

《說文》有時以對列方式來解釋字義，如：「衣、依也。上曰衣，下曰常。象覆二人之形。」「常」是「裳」的異體字，衣、常同類義近，《說文》以衣、常對列的方式來解說衣字之義。

（6）俌引方言相釋

《說文》有時引方言來解釋字義，如：「咷、楚謂兒泣不止曰嗷咷。从口兆聲。」此引楚地方言釋「咷」字之義，這是《說文》說明方言造字之例，轉注中的音轉而注的字，有些就是與方言造字有關的。

（三）說解字形

1、說解形構的類型

《說文》說解字形結構，也就是六書分類認定的依據。《說文》說解形構，主要有下列幾種類型：

（1）象形、象某某之形

《說文》說解形構，釋爲「象形」的，如「气、雲气也。象形。」《說文·敘》云：「倉頡之初作書，蓋依類象形，故謂之文。」「依類象形」，類有事類，有物類。依物類則象物形，這才是六書的「象形」；依事類則象事形，這便是六書中的「指事」了。「气」象雲气飄浮空中之形，這是象物之形，「气」於六書屬「象形」。

《說文》有時釋爲「象某某之形」，如「予、推予也。象相予之形。」「相予」是事，「予」象事形，六書屬「指事」。

（2）指事

《說文》通例是說解形構，後人據此形構判定其六書所屬。但也有一些字，許慎卻只說其六書所屬，而不釋其形構，如「二（上）、高也。此古文上。指事也。」

（3）从某某、从某从某

《說文》釋爲「从某某」的，「从」是「從」的初文，義爲「由」，意謂其字由某某二字會合而成，六書屬「會意」。如：「初、始也。从刀衣。」「从刀衣」意謂由「刀」與「衣」會合而成。《說文・敘》說：「其後形聲相益，即謂之字。」「初」便是「刀」形與「衣」形相益。

此外還有「从某省从某」，如「孝、善事父母者。从老省从子。子承也。」；「从二某」、「从三某」，如「毳、獸細毛也。从三毛。」以及說成敘事的形態，如「爵、禮器也。𠂔、象雀之形，中有鬯酒，又持之也。」意謂「从鬯从又會意、附加不成文的『𠂔』象雀之形的圖形。」這些字，基本上都是由二字或二字以上會合而成，也都屬於此一類型。

（4）从某某聲

《說文》釋爲「从某某聲」的，意謂其字由某某二字會合而成，其一字爲形符，另一字爲聲符。於六書屬於「形聲」。如「丕、大也。从一不聲。」「从一不聲」亦即「从一从不聲」之省，意謂由「一」與「不」會合而成。由「一」字爲形符（或稱意符），表此字的義；由「不」字爲聲符，表此字的音。此即《說文・敘》所說「形聲相益，即謂之字」。

此外尚有多形的，如「碧、石之青美者。从玉石白聲。」由「玉」、「石」二形，「白」聲會合而成。有省形的，如「弒、臣殺君也。从殺省式聲。」有多聲的，如「竊、盜自中出曰竊。从穴米、离廿皆聲。」有省聲的，如「融、炊气上出也。从鬲蟲省聲。」這些

字，基本上都是由一字或一字以上爲形，另由一字或一字以上爲聲，會合而成的。也都屬於此一類型。

（5）从某某、某亦聲

《說文》有一類釋爲「从某某、某亦聲」的，如「政、正也。从攴正、正亦聲。」「从攴正」，看似「會意」，「正亦聲」，又帶有聲符，看似「形聲」。學者對此類字，或稱爲「會意兼形聲」、「會意兼諧聲」、「亦聲」，問題是，這類字六書究竟屬於「會意」？還是「形聲」？還是「會意」兼「形聲」？關於此一問題，在本書第九章「中國文字六書類釋」有詳細的討論。

2、形在義中

前面提到，《說文》中有一些字，許慎在說解時，只說解其字形，而未說解字義。許慎之意，以爲這些字的形義關係，比起其他的字更爲密切，如果釋形又釋義，不免重複，所以就只釋形而把釋義略過。同樣的，許慎有時就只釋義而把釋形略過，這就是所謂的「形在義中」，如「玨、二玉相合爲一玨。凡玨之屬皆从玨。」「二玉相合爲一玨」是釋「玨」字之義，但吾人從此釋義，便知其形是「从二玉」。這與「闕形」不同。「闕形」是許慎對某字之形構，知之未詳，故闕而不言；而「形在義中」則是許慎已知其形構，爲免重複，故略而未言。

3、闕形

前面提到，「闕」在《說文》中，實際上已成爲一條規律，可稱之爲「闕例」。「闕形」是「闕例」之一。《說文》對於某些字的形構有所疑義，便闕而不言，如「叚、借也。闕。」「闕」謂「叚」字之形構未詳，故闕而不言。段注云：「謂闕其形也。其从又可知，其餘則未解，故曰闕。」

4、釋形的特例

　　《說文》的釋形，還有一種特殊的情形，由於該字的字形太過簡略，一目瞭然，加以解說，反覺累贅，所以許慎就略而不言，如「一、惟初太極，道立於一，造分天地，化成萬物。凡一之屬皆从一。」「一」字的形構與它的字義，並沒有如上述「形在義中」那樣的密切，而是因為「一」字的字形過簡，所以略而不言，此與「形在義中」不同。

（四）說解字音

1、說解字音的類型

　　《說文》釋音有兩種類型：

　　（1）以形聲字聲符釋音

　　《說文》收錄 9353 字，其中形聲字約 8200 字，這些字在造字之時，造字者採「形聲相益」的方式而造出，形符以表義，聲符以表音。然則，在理論上來說，這些「聲符」，即是在表造字當時當地的語音，所以與形聲字的音應該是同音的，如「葆、艸盛皃。从艸保聲。」「葆」从「保」聲，在今天來看，此二字還是同音的。像這種形聲字與聲符同音的情形，在《說文》8200 個形聲字中，約有4400 字，佔了 50%。這些字表示造字時的語音到了後世，乃至今日，依然未變。

　　至於其他字的聲符，與形聲字或雙聲，如「婿」字；或疊韻，如「襘」字；或聲近，如「短」字；或韻近，如「閣」字；或聲韻俱近，如「銀」字。在造字之初，與形聲字還是同音的，後世音變，今從韻書的「反切」，以及今日的語音來相較，便有與形聲字或雙聲、或疊韻等情形出現。

　　（2）以「讀若」字釋音

　　（子）讀若的定義

《說文》在形聲字之外，還有一千多個不帶聲符的字，學者稱為「無聲字」。這些字在造字時，當然也在記錄語言，只是在記錄語義是顯性的，可以從字形上得知其義，而在記錄語音卻是隱性的，無法從字形上得知其音。許慎對於這些無聲字，有的就用「讀若某」的方式來釋音。所謂「讀若某」，就是讀音如同某字。只是許慎是漢代人，此「讀若某」的音，應是指漢人的音讀。如「屮、艸木初生也。……讀若徹。」表示「屮」字在漢代與「徹」字同音。

（丑）讀若的類型

《說文》讀若字釋音的類型有下列幾種：

A.*讀若某字*

如上述「屮、讀若徹」。

B.*讀若某字同*

如「姆、女師也。从女每聲。讀若母同。」

讀若某，只是表示與某字同音；讀若某同，則表示與某字音義皆同。所以從學理上來看，「讀若某」主在注音，音同則已具有假借的條件，故亦往往「讀若」兼明假借。「讀若某同」兼明音義，二字音義相同，就可能是轉注的關係了。

此外還有「讀與某同」，如「泑、澤在昆侖下。从水幼聲。讀與黝同」；「讀若與某同」，如「茻、眾艸也。从四屮。讀若與冈同」；都屬於此類型。

C.*讀若某詞*

《說文》以讀若釋音，有時不是用一個字，而是用一個詞中的某一字，如「証、諫也。从言正聲。讀若正月。」此謂「証」字與「正月」之「正」字同音。

D.*讀若某句*

　　《說文》以讀若釋音，有時不是用一個字，而是用一句話中的某一字，如「摼、擣頭也。从手堅聲。讀若鏗爾舍瑟而作。」此謂「摼」字與「鏗爾舍瑟而作」之「鏗」字同音。

　　E.讀若某書

　　《說文》以讀若釋音，有時會俌引某書的某一句話中的某一字，如「眣、視高皃。从目戉聲。讀若詩曰施罟濊濊。」此謂「眣」字與詩經「施罟濊濊」之「濊」字同音。

　　（寅）讀若的作用

　　A.明漢音

　　許慎是漢人，所云「讀若某」，即是讀若某字的漢音。前面提到，《說文》也以形聲字聲符釋音，如果此一聲符或形聲字已經音變，聲符已失去表音的作用，許慎有時就會以「讀若」的方式來彌補，如「噲、咽也。从口會聲。讀若快。」「噲」从「會」聲，造字時，二字本同音，至漢代，「噲」音已變如「快」，聲符「會」已失去表音的作用，故《說文》云：「讀若快」，謂漢讀「噲」如「快」音。因此，《說文》的「讀若」字，是研究漢代語音的重要資料。

　　B.明假借

　　《說文・敘》云：「假借者，本無其字，依聲託事。」「依聲託事」是假借的必要條件。讀若字與所釋音之字在漢代既是同音，也就具有假借的條件。如「敦、閉也。从攴度聲。讀若杜。」「敦」从「度」聲，二字漢代同音，「度」字未失表音作用，而許慎還要加上「讀若杜」，固然表示「敦」、「杜」二字漢代同音，主要的用意，還是在說明訓閉之「敦」，在當時假借義為甘棠之「杜」字為之的此一事實。

　　C.明轉注

《說文》「讀若某同」的類型，表示讀若字與所釋音之字的音和義都相同。《說文·敘》云：「轉注者，建類一首，同意相受，考老是也。」「建類」即是指音類的同音或音近；「同意相受」即是指字義的相同。「讀若某同」既是兼明音義，其中有些就可能是轉注的關係。

2、闕音

前面提到，「闕」在《說文》中，實際上已成為一條規律，可稱之為「闕例」。「闕音」亦為「闕例」之一。《說文》對於某些字的音有所疑義，便闕而不言，如「尖、入山之深也。从山从入。闕。」「闕」謂「尖」字之音未詳，故闕而不言。段注云：「此闕謂闕其音讀也。」

（五）說解重文異體

1、重文的類別

《說文》所錄重文一千一百六十三字，所謂「重文」，是指正篆之外重複出現的字形，即一般所稱的異體字。可分為二十類，分述如下：

（1）古文

古文者，謂先秦古文，今見於卜辭金文者，皆古文。許書古文凡有二類：其一為早期古文：多係象形、指事、或會意字，皆為初形本字。其二為晚周古文：多由初形本字所孳乳之形聲字，或由初形本字繁累之複體字。皆為晚周之世的後出俗體。如「一，惟初大極，道立於一，造分天地，化成萬。物凡一之屬皆從一。弌，古文一。」弌、从弋一聲，為晚周俗體。

（2）籀文

《說文·敘》云：「及宣王大史籀，著大篆十五篇，與古文或異。」段注：「大篆之名，上別乎古文，下別乎小篆而為言，曰史篇

者以官名之，曰籀篇、籀文者，以人名之。」《說文》籀文凡二類，其一隸屬篆文之下，以為重文，如：「𣱶、溥也。从二，闕，方聲。𣱶、古文旁。𣱶、亦古文旁。𩏑、籀文。」，其二別出正篆，以為部首，如：「𠤎，籀文大改古文。亦象人形。凡𠤎之屬皆從𠤎。」，段注：「本是一字，而凡字偏旁或從古，或從籀不一，許為字書，乃不得不析為二部，猶人儿本一字，必析為二部也。」

（3）古文奇字

許書或稱古文奇字，或稱奇字，其義一也。其稱古文奇字者，如：「𠒉，古文奇字人也。象形。孔子曰，儿在下，故詰詘。凡儿之屬皆從儿。」其稱奇字者，如：「涿，流下滴也，從水豕聲。上谷有涿鹿縣。㫗，奇字涿，從日乙。」段注：「古文奇字也。」

（4）篆文

《說文》云：「二，高也。此古文上，指事也。凡二之屬皆從二。上，篆文上。」

段注：「凡說文一書，以小篆為質，必先舉小篆，後言古文作某，此獨先舉古文，後言小篆作某，變例也，以其屬皆從古文上，不從小篆上，故出變例而白言之。」

（5）或體

或體即另一形體，亦即異體。《說文》中的或體，是指篆文的異體。如「祀，祭無已也。從示巳聲。禩，祀或從異。」

段注：「巳聲，異聲同在一部，故異形而同字也。」異巳疊韻，同屬第一部，此蓋方國制字，各適語言，聲變而存其韻者。又有韻變而存其聲者，如：「琨，石之美者，從玉昆聲，夏書曰，楊州貢瑤琨。瑻，琨或從貫。」又有聲韻俱同者，如：「追，逃也。從辵官聲。𨑔，追或從輩從兆。」

（6）俗字

　　俗字是指民間書寫習慣使用的字。《說文》的俗字，即是漢代民間通用字。如「諏、誕也。從言敢聲。詋、俗諏從忘。」

　　（7）祕書

　　《說文》所謂「祕書」有二類：其一是指祕藏內廷的書，也就是緯書。其二是指賈逵之說，賈逵曾任侍中，兼領祕書，是許慎的老師，《說文》中引到他的說法，都尊稱他為「賈侍中」、「賈祕書」，或省稱為「侍中」、「祕書」。這二者之間，並無明確的畫分，也就無法確定是那一類。如「瞋、張目也。從目真聲。眅、祕書瞋從戍。」段注：「祕書謂緯書。」段說未必是，也有可能是指賈逵之說。

　　（8）秦刻石

　　指秦王，特別是始皇所立石碑上的文字。如「攸、行水也。從攴從人、水省。汲、秦刻石嶧山石文攸字如此。」

　　（9）漢令

　　指漢代官府的文書命令中的文字。如「鬲、鼎屬也。實五觳，斗二升曰觳。象腹交文三足。凡鬲之屬皆從鬲。䰛、漢令鬲從瓦厤聲。」段注：「謂載於令甲令乙之鬲字也。」

　　（10）春秋傳

　　指漢代古文家所傳《春秋左氏傳》中的文字。如「返、還也。從辵反，反亦聲。商書曰、祖伊返。彶、春秋傳返從彳。」

　　段注：「謂左氏傳也。漢書曰、左氏多古字古言。許亦云左丘明述春秋傳從古文，今左氏無彶字者，轉寫改易盡矣。」

　　（11）墨翟書

　　指《墨子》書中的文字。如「義、己之威義也。從我從羊。羛、墨翟書義從弗。魏郡有羛陽鄉，讀若錡，今屬鄴，本內黃北二十里

鄉也。」段注：「墨翟書，藝文志所謂墨子七十一篇也，今存者五十三篇，義無作羛者，蓋歲久無存焉爾。」

（12）夏書

指古文《尙書・夏書》中的文字。如「玭、珠也。從王比聲。宋宏曰、淮水中出玭珠。玭珠、珠之有聲者。蠙、夏書玭從虫賓。」段注：「謂古文夏書玭字如此作，從虫賓聲。」

（13）禮經

指古文《禮》中的文字。如「觶、鄉飲酒觶。從角單聲。禮曰、一人洗舉觶。觶受四升。觶、觶或從辰。觗、禮經觶。」（角部）段注：「此謂古文禮也。鄭駁義云、今禮角旁單，古書或作角旁氏。」

（14）司馬法

指司馬穰苴著《司馬兵法》中的文字。《漢書・藝文志・六藝略・禮家》著錄軍禮《司馬法》百五十五篇，《隋書・經籍志・子部・兵家類》著錄《司馬兵法》三卷，注云：「齊將司馬穰苴撰。」如「冑、兜鍪也。從冃由聲。𩊚、司馬法冑從革。」

（15）魯郊禮

指《魯郊禮》書中的文字。如「畜、田畜也。淮南王曰、玄田爲畜。𤲅、魯郊禮畜從田從茲，茲、益也。」段注：「此許據《魯郊禮》文證古文從茲乃合於田畜之解也。」

（16）今文

許書或稱今文，或稱今，其義一也。指漢代通用的文字，可能是隸書，但也有可能是篆文。其稱今文者，如：「灋、刑也。平之如水，從水，廌所以觸不直者去之，從廌去。法、今文省。」段注：「許書無言今文者，此蓋隸省之字，許書本無，或增之也。」其稱今

者，如：「澣、濯衣垢也。從水幹聲。浣、今澣從完。」段注：「小徐本如此。」

（17）譚長說

譚長，漢人，《漢書》、《後漢書》無傳。《說文》所引，不知見於何書？如「沙、水散石也。從水少，水少沙見。楚東有沙水。沁、譚長說沙或從心。」

（18）司馬相如說

《說文》稱「司馬相如說」，指司馬相如著《凡將篇》中的文字。如「薐、芰也。從艸淩聲。楚謂之芰，秦謂之薜苢。蓮、司馬相如說薐從遴。」段注：「此當是《凡將篇》中字。《藝文志》曰：史游作《急就篇》，李長作《元尚篇》，皆《倉頡》中正字也。司馬相如《凡將篇》則頗有出矣。據是則《倉頡篇》正字作薐，《凡將》別作蓮。」《漢書・藝文志・六藝略・小學類》著錄《蒼頡》一篇，班固自注云：「上七章秦丞相李斯作，《爰歷》六章車府令趙高作，《博學》七章太史令胡毋敬作。」

（19）楊雄說

指楊雄著《訓纂篇》中的文字，如「廾、竦手也，從�。凡廾之屬皆從廾。拲、楊雄說廾從兩手。」段注：「蓋《訓纂篇》如此作。」

（20）杜林說

杜林，漢人。《漢書・藝文志・六藝略・小學類》著錄杜林《蒼頡訓纂》一篇，杜林《蒼頡故》一篇。《說文》所稱「杜林說」，當係出於此二書中的文字。如「芰、薐也。從艸支聲。芗、杜林說芰從多。」段注：「此蓋倉頡訓纂、倉頡故二篇中語。」

以上重文二十類，可歸納爲三大類：

★ 1.古文類：古文、古文奇字、春秋傳、夏書、墨翟書、司馬法、禮經、魯郊禮等屬之。

★ 2.籀文類。

★ 3.篆文類：篆文、或體、俗字、漢令、秦刻石、祕書、司馬相如說、楊雄說、譚長說、杜林說、今文等屬之。

2、重文的價值

（1）存初文

《說文》重文中的古文分二類，其一是早期古文，多與甲骨文、金文相合，係初文本字。如「雲、山川气也。……云、古文省雨。」「云」字見於甲骨文、金文，字從二（古文上），象雲气回轉之形，乃「雲」之初文，其後借爲「云曰」之義，又加雨旁爲形符。

（2）考古音

《說文》重文中保留許多古音，是研究古音的珍貴資料。如「或、邦也。從囗、戈以守其一，一、地也。域、或或從土。」「域」是「或」的或體，「或」、「域」古同音，段注：「于逼切，《廣韻》分『域』切雨逼，『或』切胡國，非也。」段氏之意，二字古音都是「于逼切」（ㄩˋ），《廣韻》將二字分爲二音，「域」音「雨逼切」（ㄩˋ），「或」音「胡國切」（ㄏㄨㄛˋ）是錯誤的。段氏改正《廣韻》的音誤，就是根據《說文》以「域」爲「或」之重文的資料。

（3）正形誤

《說文》云：「畜、田畜也。淮南王曰、玄田爲畜。蓄、魯郊禮畜從田從茲，茲、益也。」「畜」從玄田，無所取意。《魯郊禮》作「蓄」，從田從茲會意，茲，增益之義，段注：「此許據《魯郊禮》文證古文從茲乃合於田畜之解也。」「茲」與「茲」形體相近，

後世由「茲」誤爲「茲」，省作「玄」，便成了「玄田爲畜」的誤形誤說。

（4）證許說

《說文》云：「攸、行水也。從攴從人、水省。汝、秦刻石嶧山石文攸字如此。」秦刻石作「汝」，從攴從水會意，可證許慎說「攸」從攴從人從水省會意，是正確的。

（5）保留文獻資料

許多古書今已亡逸，有些古書傳至今日，已被前人刪改，《說文》重文引自古書古說，其書或已亡，或被改易，賴《說文》得以保留這些珍貴文獻資料。如《說文》云：「「義、己之威義也。從我從羊。羛、墨翟書義從弗。」段注：「《墨翟書》，《藝文志》所謂《墨子》七十一篇也，今存者五十三篇，義無作羛者，蓋歲久無存焉爾。」

（六）以爲

1、以爲的類型

《說文》在解說字義、字形、字音之後，又有用「以爲」的方式來作補充說明的。所謂「以爲」，就是「以某爲某」的省略。《說文》「以爲」的類型有下列幾種：

（1）以爲

如「疋、足也。……亦以爲足字。」

「烏、孝鳥也。……故以爲烏呼。」

（2）爲

如「來、周所受瑞麥來麰也。……故爲行來之來。」

（3）以……爲……

如「止、下基也。……故以止爲足。」

（4）古文以爲

如「屮、艸木初生也。……古文或以爲艸字。」

（5）古文以……爲……

如「汙、浮行水上也。……古文或以汙爲沒字。」

（6）籀文以爲

如「爰、引也。……籀文以爲車轅字。」

（7）籀文以……爲……

如「鼎、三足兩耳，和五味之寶器也。……籀文以鼎爲貞。」

（8）周書以爲

如「歝、棄也。……周書以爲討。」

（9）秦以爲

如「罪、捕魚竹网。……秦以爲辠字。」

（10）杜林以爲

如「構、蓋也。……杜林以爲椽桷字。」

2、以爲的作用

《說文》「以爲」共有以下四種作用：

（1）以甲字爲乙字

此又有四種情形：

（子）借甲字爲乙字

甲乙二字，古音相同，故借甲字爲乙字，這是有本字的用字假借，亦即一般所謂的同音通假。如「爰、引也。…籀文以爲車轅字。」轅、雨元切、古聲屬爲紐，古韻在第十四部；爰、羽元切、古聲屬爲紐，古韻在十四部；二字古同音，許慎認爲籀文借「爰」字爲「轅」字。

（丑）誤甲字爲乙字

甲乙二字，形體相近，故或誤甲字爲乙字。如「丂、气欲舒出勹上礙於一也。……古文以爲亏字。」丂、亏二字，形體相近，許慎認爲古文誤以「丂」字爲「亏」字。

（寅）改甲字爲乙字

甲字因與某字形體相近，爲避諱的緣故，而改甲字爲乙字，亦即以乙字代替甲字。通常用來代替的字，與原字都有聲韻關係，和上述「借甲字爲乙字」之例，極爲相似。如「罪、捕魚竹网。…秦以爲辠字。」辠、皇二字，形體相近，許慎認爲秦始皇改「辠」字爲「罪」字。而辠、罪並音徂賄切、古聲同屬從紐，古韻同在第十五部。二字古音相同，此固然是爲了避諱而改字。

（卯）通甲字爲乙字

甲乙二字，義訓相近，故以甲字通用爲乙字。而二字之間並無聲韻關係，與上述「借甲字爲乙字」之例有別。如「屮、艸木初生也。…古文或以爲艸字。」艸木初生爲屮，屮、艸字義相近，許慎認爲古文或通用「屮」字爲「艸」字。

（2）以甲義爲乙義

甲義爲某字之本義，擴大運用爲乙義，此即所謂引伸義。如「朋、鳳飛群鳥從以萬數，故以爲朋黨字。」朋爲鳳的古文，許慎認爲或以「神鳥」之義，引伸爲「朋黨」之義。

（3）以甲字爲乙義

借甲字表乙義。乙義有音無字，或借同音的甲字來表達乙義。此即《說文·敘》所說「假借者，本無其字，依聲託事」。如「烏、孝鳥也。…取其助气，故以爲烏呼。」許慎認爲或借「孝鳥」之義的「烏」字，表達本無其字的「烏呼」之義，此應是無本字的用字假借。

（4）以甲體爲乙體

　　用同字之甲體爲乙體。甲、乙二形體，本爲同字的異體，古文以甲體釋乙體，此所謂古今字。如「哥、聲也。…古文以爲歌字。」《說文》：「哥、聲也。」又「歌、詠也。」哥、歌本爲一字，後來「哥」借爲兄長之義，哥、歌便歧分爲二字。許慎認爲古文或以「哥」字爲「歌」字，這是以古字釋今字。

第六節　《說文》的價值

　　《說文》一書的價值，各家的看法不同，而以胡樸安在《中國文字學史》的說法最爲得要。胡樸安認爲《說文》的價值主要有以下八點：

一、分部之創舉也

　　《說文》之前有許多字書，如李斯《倉頡篇》、趙高《爰歷篇》、胡母敬《博學篇》、楊雄《訓纂篇》、司馬相如《凡將篇》、史游《急就篇》、李長《元尚篇》等，許慎撰寫《說文》，都曾參考，並於《說文‧敘》中提及，或於《說文》說解文字時引到。然而這些字書，對所收文字的排列，都沒有條理。《倉頡篇》今已亡逸，從《說文‧敘》所言「又見《倉頡篇》中『幼子承教』」，可知此書是以四言爲句，句中四字，「幼」屬「力」部，「子」屬「子」部，「承」屬「手」部，「教」屬「教」部，以四個不同部的字置於一句，可知其書無部首的安排。《說文》「謗」字下引到司馬相如說：「淮南宋蔡舞謗喻也」，段注：「〈上林賦〉『巴渝宋蔡，淮南于遮。』此所俛非賦文，蓋《凡將》之一句也。劉逵引『黃潤纖美宜製襌』，歐陽詢引『鐘磬竽笙筑坎侯』，知《凡將》七言爲句。」《凡

將篇》七言爲句，句中七字皆各屬異部，可知《凡將篇》也是無部首的安排。把文字依其所从偏旁分部，是從許慎的《說文》開始的。

　　分部的意義在於分類管理，有條不紊。《說文》之後的字書，如呂忱《字林》，顧野王《玉篇》，司馬光《類篇》，戴侗《六書故》，李文仲《字鑑》，梅膺祚《字彙》，都是分部收字，雖然各書的分部繁簡不同，但都是《說文》分部觀念的影響。

二、明字例之條也

　　胡氏所謂「字例之條」，是指文字的條例，亦即六書的分類。《說文》以前的字書，既無分部的處理，亦無字形結構的解說。對文字形構逐字加以解說的，從《說文》開始。有了形構的說明，後人才可據以認定文字的六書所屬。加以許慎在《說文‧敘》中，對於「六書」的名稱、次序、定義，都有簡要的說明，後人對於文字六書的分類，雖說意見分歧，要皆折中於《說文》。

三、字形之畫一也

　　許慎撰《說文》，以秦統一文字的篆文爲主，附以前代的古文、籀文，至於當時通行民間的隸書則一概不收。許慎這樣的收字原則，可說是慧眼獨具。由於《說文》所收的文字是以秦代統一文字的篆文爲主，使得文字筆畫趨於一致，許慎的《說文》，流傳到今天，就等於秦始皇統一文字的功效延續到今天。中國文字由小篆而隸楷，在形體上雖雖有所變易，但在本質上始終維持形系文字的特質，《說文》居功不小。

四、古音之參考也

　　《說文》以形聲字聲符以及讀若字釋音，聲符表音是表造字時的本音，讀若字表音是表漢代的音讀，這些都是今天吾人瞭解古音的珍貴資料。

五、古義之總匯也

　　《說文》是文字之書，主要的目的在解說每字的本義，本義既明，引伸義、比擬義、假借義也就容易掌握。

六、能溯文字之原也

　　《說文》收字以篆文為主，而附以古文、籀文。篆文雖已形變，但仍有不少初文本字。至於古文、籀文中就更多是初文本字了。如「雲」的古文作「云」，「云」於甲骨文、金文多見，形體雖小異，形構則無別，都是从二（古文上）、象雲气回轉之形，六書屬合體象形。「云」是「雲」的初文，後來「云」借為「云曰」之義，才加「雨」為形符作「雲」。

七、能為語言學之輔助也

　　《說文》以形聲字聲符及讀若字釋音，等於把古代的語言資料留存下來，可作為今日研究古代語言的重要參考文獻。此外，《說文》還引到不少古代方言的資料，如「莒、齊謂芋為莒。」「芋」是雅言，「莒」是齊地方言。《說文》有不少音訓的資料，如「天、顛也」、「儒、柔也」、「衣、依也」，可藉以推求語言的根源。

八、能為古社會之探討也

　　《說文》在解說字形字義之際，往往引到古代有關食、衣、住、行以及祭祀、禮儀等方面的資料，可藉以了解古代社會的狀況。如「葬、臧也。从死在茻中，一、其中所以荐之。」從「一、其中所以荐之」，可以了解古代厚葬的禮制。又如「閏、餘分之月，五歲再閏也。，告朔之禮，天子居宗廟，閏月居門中，从王在門中。《周禮》閏月王居門中，終月也。」可以了解古代採用陰陽合曆的禮制，以及閏月的來由。

第七節 《說文》的闕誤

《說文》一書，由於係許慎一人所撰，當時可參考的古文資料有限，加以許多有關文字的學理與觀念，諸如分部、釋形等，都是許慎所開創，不免有所闕誤。《說文》的闕誤，主要有以下幾點：

一、闕遺

（一）闕字

《說文》有从某字爲形、或从某字爲聲，而未見其字者，是乃《說文》之闕字。如《說文》云：

「稀、疏也，从禾希聲。」

「絺、細葛也，从糸希聲。」

「豨、豕走豨豨也，从豕希聲。」

「晞、乾也，从日希聲。」

「稀」、「絺」、「豨」、「晞」等字皆从「希」聲，而《說文》無「希」字。

（二）闕形

1、闕全字形構

如「叚、借也，闕。」

2、闕部分形構

如「旁、溥也，从二，闕，方聲。」段注：「謂闕从冂之說未聞也。」

（三）闕義

如「戠、闕，从戈从音。」

（四）闕音

如「尖、入山之深也，从山从入，闕。」

段注：「此闕謂闕其音讀也。」

（五）闕部

《說文》有些字分部不當，置於他部皆所未宜，這是由於許慎在立部之初有所遺漏，謂之闕部。又《說文》有時在釋某字之形構有所錯誤，因此亦隨之分部有誤。經改正之後，置於他部皆有不妥，這也是《說文》的闕部。

如：「樂、五聲八音總名，象鼓鞞，木、虞也。」「樂」字象鼓鞞及虞之形，非从木。《說文》誤以為从木，而入「木」部，未允。應獨立「樂」部。這是因釋形之誤而形成的闕部。

又如「焉、焉鳥，黃色出於江淮，象形。」「焉」字象其鳥之形，《說文》誤入「鳥」部，當獨立「焉」部。這是因分部之誤而形成的闕部。

（六）闕形構之旨

許慎有時對某些字所以如此形構的道理有所未詳，故云闕以示求真求實的態度。如「某、酸果也，從木甘，闕。」段注：「此闕謂義訓酸而形從甘，不得其解也。」

（七）闕重文

《說文》有些字所从某字的形體殊異，而於某字下並未收此異體，謂之闕重文。如「曑、萬物之精，上為列星。从晶从生聲。一曰、象形，从○。古○復注中，故與日同。」「一曰象形，从○」是說「曑」所从「晶」，《說文》云：「从三日。」又一說「晶，象形」象列星之形，不从三日，則據又說，「晶」應有異體「品」，今「晶」下未見此形，是《說文》闕此重文。

二、訛誤

（一）釋形之誤

如「干、犯也，从一从反入，凡干之屬皆从干。」「干」字甲骨文作「ϒ」、金文作「ϒ」，象大盾之形，《說文》釋爲「从一从反入」，會意，未允。

（二）釋義之誤

<u>1、誤以引伸義爲本義</u>

如「干、犯也，从一从反入，凡干之屬皆从干。」「干」字甲骨文，金文皆象大盾之形，本義應爲「大盾」，引伸爲侵犯之義。《說文》釋爲「犯」，此誤以引伸義爲本義。

<u>2、誤以假借義爲本義</u>

如「子、十一月易气動萬物滋，人以爲偁，象形。」「子」字甲骨文作「ϙ」、金文作「ϙ」，象幼兒在襁褓中之形，本義應是「幼兒」，《說文》釋云：「十一月易气動萬物滋」，是以爲干支之名，此誤以假借義爲本義。

（三）分部之誤

《說文》有某字當在此部而誤置於他部者，謂之分部之誤。分部之誤的原因有二：其一，由於《說文》闕部。某字當在甲部，而《說文》闕甲部，故誤置於乙部。其二，由於《說文》釋形之誤。某字當在甲部，因《說文》釋形有誤而誤置於乙部。如「焉、焉鳥，黃色出於江淮，象形。」「焉」字象其鳥之形，當獨立「焉」部，置於他部皆未宜，今《說文》無「焉」部，而誤置於「烏」部。此因《說文》闕部而形成分部之誤。

又如「孑、無又臂也。从了、乚、象形。」「孑」字當从子而省其右臂之形，六書屬省體象形，當入「子」部而誤入「了」部，此因《說文》釋形之誤而形成分部之誤。

（四）類例之誤

　　所謂「類例之誤」，謂六書分類之誤。類例之誤的原因，是由於《說文》釋形之誤而導致，但是《說文》釋形有誤，未必形成類例之誤。如某字當象甲形，而誤釋為象乙形，雖是釋形之誤，而仍為象形，類例無誤。惟類例有誤，則其字之釋形必定有誤。

　　如「干、犯也，从一从反入，凡干之屬皆从干。」「干」字當象大盾之形，六書屬獨體象形，今《說文》誤釋為「从一从反入」會意，此誤以象形為會意。

　　又如「子」字，當从子而省其右臂，六書屬省體象形，今《說文》誤釋為「从了，乚、象形」，則屬合體象形，此誤以省體象形為合體象形，雖同屬象形，而象形細類不同，仍視為類例之誤。

（五）妄羼之誤

　　羼，增加、增入之義。不應有而誤立誤加者，謂之「妄羼之誤」。「妄羼之誤」有二種：

其一，妄羼之字。本非文字，而誤以為文字，收入《說文》中者。

其二，妄羼之部。不應有此部而《說文》誤立者。此又分為二類：有以妄羼之字為部首而妄羼者。有由於分部之誤而妄羼者。

　　《說文》一書所收當為文字，故名「說文解字」，圖畫、符號，非屬文字，《說文》不當收入。如「虍」不當為文字，因許慎誤釋「虎」字，誤以「虍」為文字而誤收入《說文》者。《說文》云：「虎、山獸之君。从虍从儿。虎足象人足也。」「虎」字甲骨文作「𧇺」，金文作「𧇂」、「𧇢」，皆象虎首張口、四足尾之形。六書屬獨體象形。許慎誤釋「虎」字為「从虍从儿」會意，而誤以「虍」為文字，釋為「虎文」，云：「虍、虎文也，象形，凡虍之屬皆從虍，讀若春秋傳曰虍有餘。」此妄羼「虍」字。又以「虍」為部首，此妄羼「虍」部。

又如「了」部收「孑」、「孒」二字，《說文》云：「孑、無又臂也。从了、乚、象形。」「孑」字當从子省其右臂，當入「子」部，《說文》誤以「孑」字从「了」而誤入「了」部，此即分部之誤。

又「孒、無𠂇臂也。从了，」、象形。」「孒」字當从子省其左臂，當入「子」部，而《說文》亦誤釋爲「从了」，入「了」部。改正之後，「孑」、「孒」二字當歸入「子」部，而「了」部只剩下部首「了」字。「了」从子無臂，可歸入「子」部，則「了」部並無設置之必要，應刪去，此亦妄屬之部。

第八章　清代《說文》四大家

第一節　段玉裁與《說文解字注》

《說文解字注》三十卷，清・段玉裁撰。

段玉裁（西元 1735～1815 年），字若膺，號懋堂，江蘇金壇人，清代著名小學家與經學家。著有《說文解字注》、《六書音均表》、《說文解字讀》、《汲古閣說文訂》等。

段氏治《說文》從校勘入手，用多種宋刊本校訂明末汲古閣翻刻的宋本，寫成《汲古閣說文訂》，以恢復大徐本之原貌。同時，爲了「通古今之訓詁，明聲讀，知是非」，又撰成《六書音均表》，訂定古韻爲十七部。其注釋《說文》，先根據《說文》的體例和《爾雅》、《玉篇》、《集韻》等的訓解以及各種古書所引《說文》的字句來校訂大徐本和小徐本的是非，並以群籍所用字義來疏證解釋《說文》的說解，於乾隆五十一年（1786）寫成了長編性質的《說文解字讀》，共五百四十卷（每部一卷）。後又再加以精鍊，終於在嘉慶十二年（西元 1807 年）寫成了《說文解字注》。

《說文》原爲十四篇，又《敘目》一篇，共十五篇，徐鉉校定時，將各篇分爲上下，共三十卷。《說文解字注》承大徐本之舊，但因「十一篇上」注文較多，又將該卷分以爲二，故全書實際上應是三十一卷。

内容要點

《說文解字注》的內容要點有：

一、闡發《說文》體例

段注《說文》在闡發許書原旨和體例方面，做了許多工作。在解釋述語、注釋字詞中，他常常論述《說文》的體例、規例和讀法。如「一」字條「凡一之屬皆从一」下云：「凡云『凡某之屬皆从某』者，《自序》所謂『分別部居，不相雜廁』也。」此明《說文》分部之例。

「元」下云：「凡言『從某某聲』者，謂於六書謂形聲也。」

「天」下云：「凡會合二字以成語者，放六書為會意也。如一大、人言、止戈皆是。」此明六書之例。

「旁」下云：「凡言闕者，或謂形，或謂音，或謂義。」此明闕例。

「禰」下云：「凡言讀若者，皆擬其音也。凡傳注言讀為者，皆易其字也。注《經》必兼茲二者，故有讀為，有讀若；讀為亦言讀曰，讀若亦言讀如。」此明讀若例。

呂景先《說文段注指例》，對段氏闡發《說文》體例有詳細而有條理的說明，可以參考。

二、校訂《說文》訛誤

《說文》雖經二徐校訂，但尚有訛誤。段氏根據《說文》的體例以及宋代以前各書所引《說文》，訂正其訛誤。如「上」字條，大徐本作「⊥、高也。此古文上，指事也。」段氏據下文「帝」、「旁」、「示」諸字所從古文「上」作「二」而改「⊥」為「二」。段氏雖未見到甲骨文，也未見到《說文》古本，但他的許多修訂卻能與後來發現的甲骨文和其他的古文字以及唐寫本《說文》相合。此訂正大徐本篆文之誤。

又如瓊字條，大徐本作「赤玉也。」段氏改作「亦玉也」，云：「『亦』各本作『赤』，非。《說文》時有言亦者，如李賢所引『診，亦視也』，鳥部『鸞，亦神靈之精也』之類。此上下文皆云玉也，則瓊亦當為玉名。倘是『赤玉』，當廁璊、瑕二篆間矣。《離騷》『折瓊枝以為羞』，《廣雅》『玉類首瓊枝』，此『瓊』為玉名之證也。唐人陸德明、張守節皆引

作『赤玉』，則其誤已久。」此訂正大徐本內文之誤。

三、疏證《說文》說解

　　《說文》對文字的解釋極爲簡鍊，二徐雖有案語，但甚簡略。段氏引證各種字書、傳注之訓解，對《說文》的解釋作了較爲詳細的證明、疏解，以補充許說，推求許說之所本。

　　如珽字條，《說文》云：「大圭，長三尺，抒上，終葵首。」段注云：「《玉人》注曰：『王所搢大圭也；或謂之：「珽，終葵椎也。」爲椎於其杼上，明無所屈也；杼，殺也。』按，《玉藻》謂之珽，注云：『此亦笏也。珽之言挺然無所屈也。』《典瑞》曰：『王晉大圭以朝日』，《魯語》曰：『天子大采朝日』，《管子》曰：『天子執玉笏以朝日』，皆謂此。司馬相如賦有『晁采』，晁，古朝字，『朝采日即朝日之采也；長三尺，博三寸，蓋自其中以上殺之，其殺六分而去一，至其手則仍博三寸而方之，方如椎頭是也。珽，王逸引《相玉》書作珵。抒，今《周禮》作杼，《玉藻》注同，杼是也。」段氏謂珽是笏一類的東西，君王拿著它朝祭太陽；它的形制是三尺長，三寸寬，中間向上的一段要削窄，削去的部分有半寸，頂端做成頂角向上的方形，形成錐尖，所以「珽」的別名叫做「終葵椎」；許慎說的「終葵首」就是「終葵椎」，許慎說的「抒上」，應作「杼上」，杼義爲殺削。此考辨名物，注解古語，至爲清楚。

四、標明各字唐虞三代秦漢之古韻

　　段氏作《六書音均表》，將古韻分爲十七部，附於本書之後。他注《說文》，在每字之下都標明該字在古韻中所屬的韻部。使《說文》中所說的「某聲」、「讀若某」皆能一目瞭然，同時也發揮了「形聲相表裡」，「聲義同原」的作用。如《說文》：「元，始也。從一，兀聲。」徐鍇認爲「兀」下不當有「聲」字，改作「从一，从兀」。段氏則以古音「元」、「兀」相爲平入，訂正了小徐的誤說。

五、詳考引文出處

《說文解字》有時還引經據典以證其說。對於這些引文，段注詳細考明其出處；對許氏之誤引，也加以訂正。如《說文》「琥」字條引《春秋傳》「賜子家子雙琥」，段注：「昭公卅二年《左傳》文。」此注明引文出處。

又如《說文》「玠」字條引《周書》「稱奉介圭」，段注：「《顧命》曰：『大保承介圭。』又曰：『賓稱奉圭兼幣。』蓋許君偶誤合二為一。」此訂正《說文》合二文為一之誤。

六、於注中融入研究成果

段氏在疏通《說文》說解時，往往將自己研究語言文字所得到的成果融入注中。這種成果主要有：

（一）對於同義詞辨析精到。

如「諷」字條對「諷」、「誦」的辨析，「牙」字條對「牙」、「齒」的辨析，「肉」字條對「肌」、「肉」的辨析等。

（二）明辨古今字義之變。

《說文》多講本義，只能明其本字。段注則多有兼及引伸義與假借義，以明字義古今之變。如「眚」字條，許慎僅解其本意「目病生翳也」，段氏則舉例說明了其引伸義「過誤」、「災眚」和假借義「減省」。

（三）闡明古今用語的異同。

如「堂」字條對「堂」、「殿」用法變遷的論述。

（四）探討同源詞。

如「力，筋也，像人筋之形」條注云：「像其條理也。人之理曰力，故木之理曰朸，地之理曰阞，水之理曰泐。」

缺失

《說文解字注》也存在一些缺失，王力《中國語言學史》指出段氏的缺點主要有五個：

一、擅改《說文》

如《說文》:「鈐,鈐鏅,大犂也,一曰類枱。從金,今聲。」段氏改為「類枱」,其實「枱」「枱」本是一字,古文字中,從「𦣞」從「台」是一樣的。許氏強分為兩字,固然不妥。但「類枱」即「類耜」,並無錯誤,段氏擅改,反為不妥。

二、拘泥於小篆的字式

如「弼」字,依小篆不應從「弓」,但是隸變後已經從「弓」,照理就不必再拘泥了。而段書「弼」部的字一律避免從「弓」,寫作「𢎢」。

三、拘泥本字

如《說文》:「屋,居也。」段氏改為「尻也」,并云:「『尻』各本作『居』,誤,今正」。「尻」為本字,但漢代已通用「居」字。

四、言字形不免有穿鑿附會的地方

如:《說文》:「昃,日在西方時側也,從日,仄聲。」段注:「此舉形聲包會意。隸作『昃』,亦作『昊』,小徐本矢部又出『昊』字,則復矣,夫制字各有意義,『晏』『景』『晷』『旱』之日在上,皆不可易也。日在上而干聲則為不雨,日在旁而干聲則為晚,然則昃訓為日在西方,豈容移日在上?形聲之內,非無象形也。」不免穿鑿附會。

五、言引申義有許多不恰當的地方

如《說文》:「莫,日且冥也。」段注:「引申之為『有無』之『無』。」由日暮引申為無,甚為迂曲,不可信從。

第二節　朱駿聲與《說文通訓定聲》

《說文通訓定聲》十八卷,附《柬韻》一卷、《說雅》十九篇、《古今韻準》一卷。清朱駿聲撰。

　　朱駿聲（西元 1788～1850 年），字豐芑，號允倩，江蘇吳縣人。清代著名文字訓詁學家。

內容

　　《說文通訓定聲》的書名來歷，朱駿聲自己有所解釋。他說：「題曰『說文』，表所宗也；曰『通訓』，發明假借、轉注之例也；曰『定聲』，證《廣韻》今韻之非古而導其源也。」本書取名《說文通訓定聲》，將全書要點分為說文、通訓、定聲三部分，分別說明如下：

　　一、「說文」部分：採用許慎的字形說解和本義說解

　　《說文通訓定聲》對字形、本義的說解，都取自《說文》，所以作者用「說文」二字作為書名的一部分。不過作者在摘錄《說文》時，依據自己的編撰原則，對他的字頭、重文、說解等，也作了一些變動。還用《補》、《附》的辦法收錄《說文》不錄的文字，並用「別義」的方法收錄見於《方言》《廣雅》等古籍中的漢字。《說文通訓定聲》所收的漢字計一萬七千二百四十，比《說文》多了七千個。作者篆文字頭之上添加了楷書，並標明了韻部。

　　此部分主要以「宗許為主，誼若隱略，間予發明，確有未安，乃參己意」。所謂「說文」，實際上包括了六書中指事、象形、會意、形聲四類字。此外「字有與本誼截然各別者，既無關於轉注，又難通以假借」，則定為「別義」。

　　二、「通訓」部分：對文字的音義作了全面的考釋

　　「通訓」就是通釋，就是多方面的考釋。朱駿聲通釋字義，有以下幾項：

　　（一）在本義項下增補屬於本義範疇的其他意義；

　　（二）在「轉注」項下論說字義的引申；

　　（三）在「假借」項下討論假借義；

　　（四）在「別義」項下載明獨立於上述三個義項的又義；

（五）在「聲訓」項下考釋同音字或近音字；

（六）在「古韻」項下搜羅先秦韻文押韻的資料；

（七）在「轉音」項下搜羅先秦韻文通韻的資料。

此部分著重說明字義的引申和假借。朱氏認為「數字或同一訓，而一字必無數訓。其一字而數訓者，有所以通之也，通其所可通，則為轉注；通其所不通，則為假借」。但此處的轉注、假借已與許慎所說的不同，朱氏認為：「轉注者，體不改造，引意相受，令長是也；假借者，本無其意，依聲託字，朋來是也。凡一意之貫注，因其可通而通之，為轉注；一聲之近似，非其所有而有之，為假借。」由此可知，朱駿聲所說的「轉注」，實質上是字義的引申。因為令由「發號」進而指稱發號施令的人，屬於字義的引申；長由生長進而指稱年長的人，也屬於字義的引申。所謂「體不改造」，即指本義、引申義共一字形；所謂「引意相受」，即指引申義來自本義的孳乳分化，與本義義理通連、貫通。所以朱氏列舉的轉注義，就是引申義。

至於假借，朱氏認為「朋」的本義是神鳥鳳凰，本無朋友之義；「來」的本義是「瑞麥」，本無往來之義；「朋」字表示朋友，「來」字用作往來，都是假借。所以朱氏的假借定義雖然與許慎的假借定義有些不同，但實質上卻是一回事。假借是用同音字、近音字代替與此字無關的事物。

朱氏認為假借從聲音上分析，有同音、疊韻、雙聲、合音四種類型，從作用上分析，則有同聲通寫字（同音通假）、託名標識字（專有名詞）、單辭形況字、重言形況字（疊音字）、連語（聯綿字）、助語之詞、發聲之詞等。此外古籍中凡以同音字為訓者亦詳列於各字之下，標注為「聲訓」。

三、「定聲」部分：以古韻、古聲為綱目編排全書

（一）按古韻十八韻部分類。朱氏稱之為「部標十八派」。這十八個韻部的名稱是：豐、升、臨、謙、頤、孚、小、需，豫，隋，解，履，泰，乾，屯，坤，鼎，壯。古韻的歸納，來自前人的研究成果，而韻部的名稱，

則取自《易經》的卦名。

（二）在古韻部之下，立一一三七個「聲母」作為細目以編繫字頭，如豐部之下立東、同、彤、中、終、冢、眾、蟲等三十八個「聲母」為細目。朱氏的「聲母」是從形聲字中抽出來的基本聲符。所以朱氏以「聲母」為細目，編繫聲符相同的形聲字，如「東」目之下列有從「東」的形聲字棟、凍、蝀、重等五十一字，云：「東、五十一名。凡東之派皆衍東聲。」；「同」目之下列有從「同」的形聲字迥、衕、筒、桐等十五字。

（三）凡同韻相押為「古韻」，鄰韻相押（朱氏稱為「雙聲」）為「轉音」。所謂同韻、鄰韻，都是就朱氏的古韻十八部而言。

書前附有總目，每卷卷首附有檢字。全書之前另有一些說明：

1、關於「說文」、「通訓」、「定聲」、「轉注」、「假借」的闡述；

2、《凡例》，共二十一例；

3、《聲母千文》，將《說文》近一千個聲符字，「略依條理，旦次其母，倣梁、周興嗣體，集為四言」。

4、《說文六書爻列》，參考《說文》大徐本和小徐本，將書中所收字依六書分類。指事、象形、會意、形聲用許慎定義，轉注、假借則推翻許說，改用己說。

特點

《說文通訓定聲》一書的貢獻與特點主要有三：

一、改變《說文》原有以字形為主的部首排列方式，而採取韻部排列法，以便因聲求義，清楚地展示同聲符的形聲字之間和同韻部的文字之間的語義關係，充分掌握中國文字形音義密合的特質，使中國文字研究進入了形、音、義相結合的階段。

二、擴大了自許慎《說文解字》以來字義研究僅講本義的局限，加強了引申義和假借義的重要性，揭示了詞的多義性和詞義的孳生發展事

實，開始全面解釋詞義。

三、對許慎的轉注說和假借說，重新定義，而自成一家之言。

缺失

至於《說文通訓定聲》的缺失，王力在所著《中國語言學史》中提出以下三點：

一、對於假借的認識欠正確。認爲除專有名詞、疊音字、聯綿字外，凡假借都有本字。實則造字之初，文字較少，假借往往是本無其字，本字反而是後起的。例如朱氏以爲「或」字借爲域國義，本字爲「國」，「魚」字借爲打魚義，本字爲「漁」。事實上「國」字是後起的區別字，「漁」字的初義也還是魚，而不是打魚。朱氏之說與文字的發展歷史不相符合。

二、轉注、假借、別義、聲訓，四者之間劃分標準不一，有交叉重疊的現象。例如「屋」字轉注欄引《周禮·司爟氏》：「邦若屋誅」，注：「謂夷三族」，並說字亦作「剭」，這就應該歸入假借。朱氏因爲《說文》不收「剭」，不好說「屋」是「剭」的假借，於是歸入轉注。又如作者以爲「能」字本義爲熊屬，有別義「三足鱉」。事實上，這裏的別義正是本無其字的假借。又如作者以爲「方」的本義爲并船，而把《遊天台山賦》「方解纓絡」歸爲聲訓。事實上「方解纓絡」之「方」，原注：「將也」，正是假借。

三、對《說文》修訂不盡妥當，關於「省聲」的說法尤多臆測。如「宋」字，《說文》：「從宀從木，讀若送」，朱氏改爲「鬆省聲」，實出臆測，並無根據。

要而言之，《說文通訓定聲》在文字學、聲韻學以及訓詁學上都有它的價值，對詞義學、詞源學以及詞典學也都有一定的影響，關於這點，可參考朴興洙所撰《朱駿聲說文學研究》（國立臺灣師範大學，國文研究所博士論文，1994,6）。

第三節　桂馥與《說文解字義證》

《說文解字義證》，五十卷。又稱《說文解字義疏》，略稱《說文義證》、《義證》，清桂馥著。

桂馥（西元 1736～1805 年），字多卉，又字天香，號未谷，山東曲阜（今山東省曲阜市）人。清代著名文字訓詁學家。

内容

《說文解字義證》的寫作宗旨，在於證明許慎《說文》一書的說解，替許慎所釋的本義提供古籍例證。王筠自稱此書「徵引雖富，脈絡貫通。前說未盡，則以後說補苴之；前說有誤，則以後說辨正之。凡所稱引，皆有次第，取足達許說而止」。這種述而不作的態度，誠如張之洞在《說文解字義證・敘》所言：意在「令學者引神貫注，自得其義之所歸。」

全書分爲三部分：

一、疏解《說文》正文

卷一至卷四十八，對《說文解字》正文部分，特別是釋義部分作疏證，是全書的重點所在。先以大字抄錄《說文》原文，字頭用篆體；然後參照古人疏解經傳方式，低一格用雙行小字疏解。若所引古籍釋義與《說文》不同，則在疏解前用頂格雙行小字列出。桂氏又將徐鉉新附字盡行刪去，而搜尋古書中引用《說文》但今本脫漏的文字及說解，附在各部首之後，並將第一字用楷體書寫，以與《說文》原文的篆體字頭相區別。如示部文六十三，重十三。部末復增列祿、禬、禰、禫、禊、祄、禕等七字，其中禰字爲大徐新附，桂氏於部中刪去，而於部末增列，以復《說文》舊觀。

其疏解的內容，主要有兩個部分，第一部分舉例證明許慎所說的本義；第二部分參證補充許慎的說解，主要是博引古籍的說解來證實許書的

說解，或補充許書的說解，或引古籍所引許書以相參證。先舉例證明許慎所釋各字的本義，然後廣引群書討論許慎的說解。所引古籍可與許慎說解相發明的，或數義，或十數義，依次羅列，詳爲收錄。凡許慎引用《詩》、《書》、《春秋傳》等書，爲之注明篇名，有異文的並注明異文。凡二徐本有訛誤的，參考前人研究成果，並引用《廣韻》、《玉篇》等字書所引《說文》加以校正。

例如「祖」字：

《說文》：「始廟也，从示，且聲。」

《義證》：《考工記·匠人》「營國左祖右社」，注云：「祖，宗廟。」「始廟也」者，本書「廟，尊先祖皃也」，「宗，尊祖廟也」，因以祖爲始。《釋名》「祖，始也」；《管子·侈靡篇》「祖禰，尊始也」；文十二年《穀梁傳》「無昭穆，則是無祖也」注云：「祖，人之始也」；《方言》「鼻，始也，梁益間或謂之祖」，注云：「鼻、祖，皆始之別名也」；《漢書·食貨志》引《尚書》「黎民祖飢」，《史記·五帝本紀》作「始飢」，馬融《尚書注》「祖，始也」。

又如「穎」字：

《說文》：「禾末也。从禾，頃聲。《詩》曰：禾穎穟穟。」

《義證》：《漢書·禮樂志》：「含秀垂穎」；《文選·應貞詩》：「嘉禾重穎」；《思玄賦》：「發昔夢於木禾，既乘穎而顧本」；蔡邕《篆勢》：「頹若黍稷之垂穎」；《小爾雅》：「截顛謂貝桎」；《爾雅》釋文引作「截穎」。「禾末也」者，《廣饋》同，又曰「穗也」。李善注《魏都賦》引本書作「穗也」。《文選·西都賦》：「五穀垂穎」，五臣注：「穎，穗也」。《詩·生民》：「實穎實粟」，傳云：「穎，垂穎也」，《正義》：「言其穗重而穎垂也」。《詩》曰「禾穎穟穟」者，《大雅·生民》文。彼作「役」，傳云：「役，列也」，非本書義。

二、疏證《說文·敍》及許沖《進書表》

　　卷四十九，是對許慎《說文‧敘》、許沖《進書表》的疏證。全用雙行小字隨文作注解，以申明許慎之意。

三、附錄及附說

　　卷五十卷上爲《附錄》，主要蒐集古籍中有關《說文》學的師承關係的資料，說明《說文》對後代字書的影響。卷下爲《附說》，主要輯錄有關《說文》的版本、校勘材料，並提出自己的一些觀點。例如桂氏認爲《說文》所收九千三百五十三字和說解並非許慎始創，「蓋總集《倉頡》、《訓纂》、班氏《十三章》三書而成」。又如桂氏認爲許慎「亦聲」之例有「從部首得聲曰亦聲」，「或解說所从偏旁之義而曰亦聲」兩種情況等。

特點

　　《義證》一書，是乾嘉學派的重要著作，全書的優點有二：

一、例證材料極其豐富

　　這對於字義的闡明非常重要，唯有例證材料豐富，字的真正含義才能清楚地呈現出來。例如《說文》：「拉，摧也。」桂氏云：「摧也者，《史記‧索隱》引同，《一切經音義》七引作敗也。馥案：本書『摺，敗也』，『拹，摺也，一曰拉也』。《玉篇》：『拉，折也。』引《左氏傳》『拉公幹而殺之。』《史記‧齊世家》：『使力士彭生抱上魯君車，因拉殺魯桓公。』《漢書‧鄒陽傳》：『范雎拉脅折齒』。索隱：『摺音力答反，《應侯傳》作「折脅摺齒」是也。』《前秦錄》：『王猛曰：臣奉陛下之神，擊垂亡之虜，並摧枯拉朽。』《南中志》：『貊所觸，無不拉。』馥案：貊，獏也。」

二、述而不作，態度客觀

　　此書與段玉裁的《說文注》性質是大不相同的，段氏有述有作，間有論斷，近乎主觀，桂氏述而不作，一意臚列，近於客觀。徵引博富，脈絡貫通，前說未盡，則以後說補苴之；前說有誤，則以後說解辨證之。凡

所稱引，皆有次第，取足達許說而止，故專爐古籍，不下己意，而訌者乃視爲類書，實有欠當。

缺失

　　然《義證》一書，也有其缺失：

一、墨守《說文》

凡許慎說解有誤，則桂氏例證就顯得牽強。王力對此曾批評說：「桂氏先認定許書所講都是對的，必須爲他找出一些例證來。如果許書講錯了(至少是沒有確證)，桂氏所找的例證一定是勉強牽合的。例如《說文》：『爲，母猴也。』桂氏說：『母猴也者，陸機云：「楚人謂之沐猴」，馥謂「沐」「母」聲近。按，『沐』『母』聲近並不能證明『爲』訓母猴。又如《說文》：『殿，擊聲也。』桂氏說：『馥按，擊聲者，所謂呵殿也。』按，呵殿與擊聲相去尚遠，無法牽合。可見墨守許說是會陷於謬誤的。」

二、引據之典，時代失於限斷

　　丁艮善〈說文解字義證後記〉提到《說文義證》一書的缺點：「引據之典，時代失於限斷。泛及藻繪之詞，而又未盡加校改，不皆如其初旨。」

三、泛及藻繪之詞，而又未盡加校改，不皆如其初旨

　　《說文義證》是一部文字學的書，引用資料自應在文字學範圍內爲宜，然而《說文義證》往往引用文字學之外的資料，如：艸部「茨」下引蘇轍的詩句：「茨葉初生縐如縠，南風吹開輪轉轂。」又引到《寰宇記》「漢陽軍出茨仁。」確如丁氏所言「泛及藻繪之詞」了。

第四節　王筠與《說文釋例》、《說文句讀》

　　《說文釋例》，二十卷。清王筠著。

　　王筠（西元 1784～1854 年），字貫山，號菉友，安邱（今山東省安邱縣）人。少喜篆籀，及長，涉於經史，擅《說文》之學，為清代《說文》四大家之一。著有《說文釋例》、《文字蒙求》、《說文解字句讀》、《說文繫傳校錄》。

《說文釋例》的內容

　　《說文釋例》的內容，分為五部分：

　　一、卷一至卷五，討論「六書」的定義、體例等問題。

　　二、卷五至卷九，討論文字的各種異體和孳乳形式。

　　三、卷九至卷十二，討論《說文》列字的次第、說解的形式等。

　　四、卷十二至卷十四，討論雙聲疊韻和《說文》一書的脫字、訛字、衍文、改竄等問題，並評議二徐以來《說文》的校注。

　　五、卷十五至卷二十，討論《說文》的疑難問題，以及附錄偶得之見。

　　全書體例大多每卷先出論述之題，低三格作一概述，然後詳論和分論，每卷之末又附補正。書前有清潘祖蔭序和作者自序。《說文釋例》一書的特點有四：

　　（一）闡發許書的體例，指出《說文》五百四十部首的相承，大體以義相屬，糾正了徐鍇、段玉裁等人過分穿鑿的缺失。

　　（二）探討漢字的形體結構及其演變規律。

　　（三）不限於孤立的單字研究，而且能夠把形體上有關的字聯係起來，分析它們孳乳繁衍的規律，從而提出了「文飾」、「籀文好重疊」、「分別文」、「累增字」等現象和概念。

　　（四）大量引用金文等古文字資料來訂正《說文》，闡明漢字演化規律。例如《說文》「車」的籀文作「轚」，王氏指出，《積古齋》吳彝作「轚」，左兩田為兩輪，右邊軦下似人字為兩馬，可見今本乃傳寫之訛。利用古文字資料的研究方法，比起以許書證許書的方法更為科學，對於後人是深有啟發的。

《說文釋例》的缺失

《說文釋例》一書也存在著一些缺點。這些缺點主要是：

一、關於六書的分類，有正例、有變例，極為繁瑣蕪雜。

二、尋求許書的體例，不免穿鑿附會。例如他說：「凡言『讀與某同』者，言其音同也；凡言『讀若某同』者，當是『讀若某』句絕，『同』字自為一句，即是一字分隸兩部也。」事實上，王氏的這一說法在許書中例外太多，並不能成立。

三、過於講求體例，以致臆改原文以遷就體例。許書雖有體例，但貫徹並不嚴格，要以不妨礙內容之闡述。王氏則往往臆改原文，以遷就體例。例如他認為不成字就不會出現在許慎的說解中，而以為《說文》「番」字下「田象其掌」一句為後人所增，因為「田非字」；「單」字下「從𠁥」，「𠁥」也是後人誤增，因為「𠁥既非字，安得言從」？但是許慎說解中的非字現象頗多，修改過頻，恐非許氏原貌。

四、體例不夠純粹。有些部分和《說文》體例沒有太大關係，如「糾徐」、「鈔存」、「存疑」等多半只是一些個別字的探討，可做為本書的附錄。至於如卷十二的「雙聲疊韻」，實在可以刪去。

五、態度嫌武斷。王氏批評段玉裁「武斷支離，時或不免」，因此他自己經常會注意到要避免這個缺點，不知則闕，論斷力求含蓄。例如「聲讀同字」（卷十二）在文字學學理上無論如何是說不通的，但《說文》中竟有三十九條。面對這麼多必然有錯的例子，王氏也只淡然地說「吾窮於術，姑輯錄之，以俟智者詳察焉」，但是，王氏歸納出《說文》條例，而遇到《說文》有與此條例不合的情況時，他也難免會武斷地以為是「淺人所為」。

王筠另著有《說文句讀》三十卷（附補正二卷），《說文解字句讀》

本爲初學之人研讀說文而作，這點在王筠的自序裡有所說明，原來的體例只是「取茂堂及嚴鐵橋、桂未谷」三君子所集者，或增，或刪，或改，以便初學誦習，故名之曰『句讀』，不加疏解，後來他接受朋友的建議，兼采眾家之說，在每字之下都加上自己的解釋，這就是我們今日所見《句讀》的面貌。

《說文句讀》的內容

《說文句讀》的內容可分爲三部分：

一、卷一到卷二十八是正文，按照許書的原文十四篇，始一終亥的次序，每篇各分上下，分隸兩卷，總共二十八卷。

二、卷二十九，收錄許君自敘、許沖上《說文》表、漢安帝敕三篇文字，相當於許君原書的第十五卷。

三、卷三十爲附錄，依次收載了《說文》部首表、許君事蹟表、《說文》校議、毛氏節錄、桂氏附錄、小徐系述、大徐校定《說文》系、大徐進《說文》表、中書牒等多篇文字。

《說文句讀》的特點

《句讀》一書實有定段補段之意，而他在自序說：「余輯是書，別有注意之端，與段氏不近同者凡五事。」所說與段氏不同的「五事」，即是此書的特色。「五事」即「刪篆」、「一貫」、「反經」、「正雅」與「特識」。

（一）刪篆，是說許書原篆，有後人 雜者應當審察而刪之。

（二）一貫，是說許慎《說文解字》，形音義一貫，不可分離乖隔。

（三）反經，是說許慎所引經典，字多不同，句限亦異，不可根據後世履經竄改的今本，批評漢儒授受的舊文。

（四）正雅，是說《爾雅》以義爲主，《說文》以形爲主，二書相爲表裡，所以據《說文》可以證《爾雅》。

（五）特識，是說「后」、「身」、「倜」、「愃」等字，許君的解

釋，前無古人，是乃歷考經史，不是偏執己見，不可不以經正傳，破從來之誤說。

《句讀》一書，有「述」有「作」：

（一）述據〈句讀自序〉王氏句讀中所述者，除段玉裁、桂馥外，尚有嚴可均。如：邑部：「鄱，鄱陽豫章郡。從邑，番聲。」句讀云：「段氏曰：『字本作番，楚世家：「吳伐楚取番。」史、漢皆云：「番君吳芮。」地理志作鄱陽者，漢字也。』」這是述段說。

又如：矢部：「**鍚**，傷也。從矢，易聲。」句讀云：「桂氏曰：『謂其物與所求正相當直也。聘義：君子於其所尊弗敢質。」注：「質，謂正自相當。」其相贅之事曰質，而其劵契遂亦日質。天宮小宰：「八成，七日賣買以質劑。」注：「質劑，謂兩書一札，同而別之，長曰質，短曰劑。」南齊書蕭坦之傳：「檢家赤貧，惟有質錢帖子數百。」』」這是述桂說。又如：魚部：「鮑，饐魚也。從魚包聲。」句讀云：「戴侗引作瘞魚。嚴氏曰：『瘞魚即今窨魚，釋名曰：「鮑魚，鮑、腐也，埋藏淹便腐臭也。玉篇謂之裛魚，本草謂之鯤魚，音皆相近。』」這是述嚴說。

（二）作《句讀》除了述他人之說外，也有他自己獨具創見的地方，對於段玉裁和桂馥兩家的說法有不滿意處，於是「更考以說之」。此類共有一千一百多處，應該是句讀一書最重要的部份。如：維部：「維，車蓋維也。从系糸隹聲。」句讀云：「考工記：『輪人爲蓋』，未嘗言『維』，而曰：『良蓋弗冒弗紘』，蓋『紘』即『維』也。『紘』下云：『冠卷維也』，則『維』、『紘』同意。釋文、旌旂章曰：『維以縷』，郭注引周禮：「六人維王之大常。」案見夏官節服氏注：『維，維之以縷。王旌十二旒，兩兩以縷綴連，三人持之。』案兩兩綴連，則是橫維之。是知蓋之維，所以維其弓也。今之傘固然。

淮南子原道訓高注；「小車蓋四維，謂之紘繩。」』段氏於「維」
篆說解下注云：「車蓋之制，詳于考工記，而維無考。許以此篆專系之車
蓋，蓋必有所受矣。」桂氏則說：「轑，蓋弓也，維謂系蓋之繩也。」兩
家於「維」之爲物都說得不清楚，所以王氏「更考而說之」，認爲「維」
就是「紘」。這是補段、桂之說而有所作。

第九章 中國文字六書類釋

第一節 象形釋例

一、象形界義

《說文·敘》:「象形者,畫成其物,隨體詰詘,日月是也。」

許慎對「象形」所下的定義,簡單明瞭。象、本字作像。詰詘,屈曲之意。「畫成其物」一語,說明了「象形」的性質。所謂象形,即是象物之形。「隨體詰詘」一語,則說明象形的方式,是用線條把物體的外形輪廓畫出來,這就是「象形」,用這種方法造出的文字,稱為象形文。

二、象形取象

(一)物的類別

象形主要在象物之形,所象之物約可分為十二類:

1、天文類,如日、月、晶(星的初文)等字,都是象形文。

2、地理類,如山、丘、水、川等字,都是象形文。

3、艸木類,如中、木、桼(漆的本字)朿等字,都是象形文。

4、蟲魚鳥獸類,如鳥、魚、虫、馬等字,都是象形文。

5、人體類,如人、手、口、耳等字,都是象形文。

6、服飾類,如衣、巾、旡(簪的初文)等字,都是象形文。

7、飲食類,如米、肉、來(麥的初文)、禾等字,都是象形文。

8、宮室類,如宀、广、戶、囪等字,都是象形文。

9、器用類，如爿（床的初文）、几、舟、豆等字，都是象形文。

10、鬼神類，如甶（鬼頭）、且（祖的初文）、土（社的初文）等字，都是象形文。

11、行動類，如飛、立、卂，走等字，都是象形文。

12、形容類，如長、齊、永、屮等字，都是象形文。

（二）取象的方式

1、象正面之形，如大、象人正面站立之形，目、象正面所見眼眶眼珠之形。

2、象側面之形，如鳥、象側立的鳥形，人、象側立的人形。

3、象俯視之形，如囪、象俯視煙囪口及其底部之形，牛、象俯視牛頭牛背之形。

4、象剖面之形，如臼、象其剖面、中有米粒之形，宁、象其剖面、中有分隔之形。

三、象形在六書中的地位

（一）由文字的起源論之，象形是六書的開始。

（二）由文字的發展論之，象形是六書的根基。

（三）由文字的組織論之，象形是六書的本體。

1、指事文以象形為本體

如亦、篆文作「夾」，以「大」為本體，外加兩點指明腋下部位的虛象，六書屬合體指事，而「大」為象形文。

2、會意字以象形為本體

會意字多由象形文會合而成，如武从止戈會意，止、戈都是象形文。會意字的組成分子往往兼有象形的特徵，如門从二戶會意，二戶相對，兼象門形。會意字由文字組合外，也有附加圖形的，如爵、篆文作「爵」，从鬯从又會意，附加「丷」象器之形。

3、形聲字以象形為本體

形聲字的形符、聲符多為象形文，如江从水工聲，水、工都是象形文。形聲字由形符、聲符組合外，也有附加圖形的，如牽从牛玄聲，附加「冂」象牽牛繩之形。

四、象形與指事之區別

象形與指事都是由線條造字，都是「文」，二者之間很容易弄混，區別象形與指事，可以依據下列幾點原則：

（一）象形、指事都是「依類象形」，象形依物類、象物形，指事依事類、象事形。

（二）物類具體，事類抽象。所以象形具體，指事抽象。

（三）象形專象一物，指事兼該眾物。

（四）象形包含的範圍較小而明確，指事的範圍較大而籠統。

（五）象形依物形而造字，造字過程由外物引發視覺反應而內心生義而完成字形，是直觀式的造字。指事依事義而造字，由內心覺察之義而完成字形，是直覺式的造字。

（六）象形多為名詞，指事多為形容詞、副詞或動詞。

五、象形分類

《說文·敘》說「畫成其物，隨體詰詘」，這是象形文的共性，所舉日、月二例也是象形的通例，其實從《說文》中釋為象形的，其中仍然存有一些差異，細類之分還是需要的。只是象形的分類，各家有所出入，分類的名稱各家也不盡相同。本來分類的目的主要在別同異，如果徒然多分細類而無助於同異之別，那就沒有甚麼意義了。

下面對象形的分類及名稱，主要是參考段玉裁《說文解字注》、朱宗萊《文字學形篇》以及魯師實先授課之說。象形可分為四類：獨體象形、合體象形、省體象形、變體象形。其中獨體象形為象形的正例，許慎《說

文‧敘》即就正例而言，其餘三類爲象形的變例。

（一）獨體象形

段玉裁於《說文‧敘》「象形」下注云：「有獨體之象形，有合體之象形。獨體如日月水火是也，合體者从某而又象其形。……獨體之象形則成字可讀，軵於从某者，不成字，不可讀。」所謂獨體，是指主體的獨一無二，與獨立完整。主體在二個或二個以上，便已是「字」而不是「文」了，所以獨體必須是單一主體。此外，主體必須獨立完整，不可再分割，主體如果可以再分割，那主體必定是合體的會意、形聲字，而不是獨體的象形文了。

經過上面的剖析比較，我們可以給它下個定義：凡是用線條畫出，有獨立音義、具獨一無二、獨立完整性的物形主體，稱爲獨體象形。由於獨體象形是象形的正例，具獨立完整性，有人稱之爲「全畫物形」、「純體象形」、「純象形」，名稱雖異，實質含義是相同的。下面從《說文》中選三十字說明於後。

1、玉《說文》：「王、石之美有五德者。潤澤以溫，仁之方也；䚡理自外可以知中，義之方也；其聲舒揚，專以遠聞，智之方也；不撓而折，勇之方也；銳廉而不忮，絜之方也。象三玉之連，丨其貫也。凡玉之屬皆从玉。」

説明：玉，篆文作「王」，字象一條繩子繫連三塊玉之形。玉在古代用作裝飾，或作爲官爵身分的表徵，所以要用繩子把它繫起來，造字者即從此用途造出「王」的字形。後因與「王」（ㄨㄤˊ）字形近易混，乃假借「玉」（ㄒㄩˋ，朽玉之義）字代替，以便與「王」字有所分別，但也只有在單用之時作「玉」，作爲偏旁仍然作「王」。

2、气《說文》：「气、雲气也。象形。凡气之屬皆从气。」

説明：气，字象雲气飄浮之形。後假借爲气求之義，爲免混淆，雲气之義另假借「氣」字爲之。「氣」本義爲「饋客之芻米」，从米气聲。

3、中《說文》：「中、內也。从口，丨、下上通也。」

說明：中，甲骨文作「ᠻ」，金文作「ᠼ」，字象旗幅、旗游、旗杠之形，本為旗名，立於中廷，故名。內是其引伸義，許慎釋其形構為「从口丨」，此由篆文立說，非其本形本義。

4、屮《說文》：「屮、艸木初生也。象丨出形有枝莖也。古文或以為艸字。讀 若徹。凡屮之屬皆从屮。尹彤說。」

說明：字象艸木初從地下長出枝莖之形。因與艸字義近通用，故《說文》云：「古文或以為艸字」。

5、釆《說文》：「釆、辨別也。象獸指爪分別也。凡釆之屬皆从釆。讀若辨。」

說明：字象動物掌紋、指爪分明之形。與「辨」本為一字，《說文》「姚」下云：「釆、古文辨字」，可證。

6、牛《說文》：「牛、事也，理也。像角頭三封尾之形也。凡牛之屬皆从牛。」

說明：甲骨文作「ᛉ」、金文作「ᛉ」，與篆文同形，並象牛二角、牛頭、牛背隆起及牛尾之形，此係俯視之形，故許慎釋其形構云：「像角頭三、封尾之形。」封，隆起之義。金或又作「ᛞ」，象牛頭之形，於是有人也以為篆文是象牛頭之省形。

7、止《說文》：「止、下基也。象艸木出有阯。故以止為足。凡止之屬皆从止。」

說明：甲骨文作「ᛃ」，象足趾、足掌之形，金文線條化而作「ᛤ」，篆文由此形而譌變，本義應為足掌或足，下基是其引伸義，許慎釋其形構云：「象艸木出有阯」，此由篆文立說，非其朔義。

8、行《說文》：「行、人之步趨也。从彳亍。凡行之屬皆从行。」

說明：甲骨文作「ᛡ」、金文作「ᛢ」，並象十字大道之形，本義應為四達大道，人之步趨是其引伸義。篆文形體小變，左形近彳，右形近亍，

許慎釋云「从彳亍」會意，此由篆文立說，非其朔義。

9、冊《說文》：「冊、符命也。諸侯進受於王者也。象其札一長一短，中有二編之形。凡冊之屬皆从冊。」

說明：本義爲簡冊，符命謂委任官吏之文書，是其引伸義。

10、干《說文》：「干、犯也。从一从反入。凡干之屬皆从干。」

說明：甲文作「干」，金文作「干」、「干」，並象大盾之形，上象其飾，下象其柄，金文中之黑點象盾形。當以盾爲本義，干犯是引伸義，《說文》云「从一从反入」會意，此由篆文立說，非其朔義。

11、革《說文》：「革、獸皮治去其毛曰革。革，更也。象古文革之形。凡革之屬皆從革。華、古文革從卅，卅年爲一世而道更也，臼聲。」

說明：金文作「革」、「革」，象獸皮去毛張開之形，中象其支架，塊狀象皮革形，支架形變而近於「卅」，皮革形變而近於「臼」，《說文》從古文釋形，以爲从卅臼聲，此據變形爲說。

12、爪《說文》：「爪、丮也。覆手曰爪。象形。凡爪之屬皆从爪。」

說明：義爲手爪，故《文》云覆手爲爪，丮持是其引伸義。

13、又《說文》：「又、手也。象形。三指者，手之列多略不過三也。凡又之屬皆从又。」

說明：當云又手也，引伸爲ナ又之義，今借訓助之「右」爲之。

14、ナ《說文》：「ナ、左手也。象形。凡ナ之屬皆从ナ。」

15、目《說文》：「目、人眼也。象形。重童子也。凡目之屬皆从目。」

說明：中象瞳仁之形，《說文》云重童子，謂中有二瞳仁，未允。

16、自《說文》：「自、鼻也。象鼻形。凡自之屬皆从自。」

17、隹《說文》：「隹、鳥之短尾總名也。象形。凡隹之屬皆从隹。」

說明：甲文隹鳥同形，本義當云鳥之總名，不必分短尾爲隹，長尾爲鳥。

18、鳥《說文》：「鳥、長尾禽總名也。象形。鳥之足似匕，从匕。

凡鳥之屬皆从鳥。」

　　說明：象鳥之全形，下象其足，《說文》云从匕，釋爲合體象形，未允。

　　19、豆《說文》：「豆、古食肉器也。从口，象形。凡豆之屬皆从豆。

　　說明：甲文作「豈」，金文作「豆」，並象器之形，上象其蓋，中象其容與項，下象其座。《說文》云从口象形，釋爲合體象形，未允

　　20、虎《說文》：「虎、山獸之君。从虍从儿。虎足象人足也。凡虎之屬皆从虎。」

　　說明：甲文作「虎」，金文作「虎」，並象虎首張口、四足尾之形，此側立之形，篆文下象其足，上象其首，《說文》釋爲从虍从儿會意，未允。

　　21、丶《說文》：「丶、有所絕止，丶而識之也。凡丶之屬皆从丶。」

　　說明：此形當分爲二字，其一，象火焰之形。「主」，《說文》釋从丶，段注：「謂火主」。其二，示有所絕止之義，段注：「按此於六書爲指事」。此爲同形異字，許慎未加分辨，於丶下云「有所絕止丶而識之」，於主下云「从丶」，而「丶」義爲鐙中火主，與有所絕止之義無涉。

　　22、矢《說文》：「矢、弓弩矢也。从入，象鏑栝羽之形。古者夷牟初作矢。凡矢之屬皆从矢。」

　　說明：甲文作「矢」、「矢」，金文作「矢」，上象其鏑，中象其榦，下象其栝，《說文》云从入象鏑栝羽之形，釋爲合體象形，未允。

　　23、亯《說文》：「亯、度也。民所度居也。从回，象城亯之重，兩亭相對也。或但從口。凡亯之屬皆从亯。」

　　說明：上下象城樓對立之形，中象城牆二重，《說文》云象城亯之重，是也。又云从回，釋爲合體象形，未允。亯，今借「郭」爲之。

　　24、來《說文》：「來、周所受瑞麥來麰也。二麥一夆，象其芒束之形。天所來也，故爲行來之來。詩曰：詒我來麰。凡來之屬皆从來。」

　　說明：上象麥穗，中象莖葉，下象其根，乃麥之初文，後借爲行來之義。

　　25、才《說文》：「才、艸木之初也。从丨上貫一，將生枝葉也。一、地也。凡才之屬皆从才。」

　　26、貝《說文》：「貝、海介蟲也。居陸名猋，在水名蜬。象形。古者貨貝而寶龜，周而有泉，至秦廢貝行錢。凡貝之屬皆从貝。」

　　27、㫃《說文》：「㫃、旌旗之游㫃蹇之皃。从屮曲而垂下，㫃相出入也。讀若偃。古人名㫃，字子游。凡㫃之屬皆从㫃。」

　　說明：甲文作「 」，金文作「 」，象旗杠及其首飾與繆游之形，《說文》云从屮曲而垂下，㫃相出入，視以爲从屮从入會意，而下象彎曲垂下之形，未允。

　　28、晶《說文》：「晶、精光也。从三日。凡晶之屬皆从晶。」

　　說明：甲文作「 」，金文作「 」、「 」，象列星之形。《說文》釋爲从三日會意，未允。晶當係星之初文，晶引伸爲晶光之義，乃又加聲符「生」作「曐」，遂與星字分歧爲二字。

　　29、尗《說文》：「尗、豆也。尗象豆生之形也。凡尗之屬皆从尗。」

　　說明：甲文作「 」，金文作「 」，象其其攀杆而生之形，菽是其後起字。今則假「豆」爲之。

　　30、网《說文》：「网、庖犧氏所結繩以田以漁也。从冂，下象网交文。凡网之屬皆从网。」

　　說明：甲文作「 」、「 」，象田漁之網形，篆文垂其二邊，《說文》云从冂下象网交文，釋爲合體象形，未允。

　　（二）合體象形

　　以一個文作爲主體，附加不成文字的圖形，二者相合而成的文字，稱爲合體象形。有人稱爲倚文畫物，有人稱爲複體象形。

　　1、走《說文》：「走、趨也。从夭止。夭者屈也。凡走之屬皆从走。」

[說明]：金文作「㞢」，从止，上象二臂擺動之形，上體訛變爲「天」，《說文》云从夭止會意，此就篆文立說，未允。

2、足《說文》：「足、人之足也。在體下。从口止。凡足之屬皆从足。」

[說明]：从止，上象腓腸（小腿肚子）之形，《說文》云从口止會意，無所取義。

3、疋《說文》：「疋、足也。上象腓腸，下从止。弟子職曰：問疋何止。古文以爲詩大雅字。亦以爲足字。或曰胥字。一曰，疋、記也。凡疋之屬皆从疋。」

[說明]：構體與「足」字同。

4、聿《說文》：「聿、所以書也。楚謂之聿，吳謂之不律，燕謂之弗，從聿一。凡聿之屬皆从聿。」

[說明]：甲文作「𦘒」，金文作「聿」，从又，象持筆之形。本義爲所以書，謂用以書寫之工具，即筆是也。聿爲筆之初文，後假爲語詞，乃又加竹作「筆」字。

5、盾《說文》：「盾、瞂也。所以扞身蔽目。从目，象形。凡盾之屬皆从盾。」

6、血《說文》：「血、祭所薦牲血也。从皿，一、象血形。凡血之屬皆从血。」

7、巢《說文》：「巢、鳥在木上曰巢，在穴曰窠。从木象形。凡巢之屬皆从巢。」

[說明]：上象鳥，中象鳥巢，下从木。

8、兂《說文》：「兂、首笄也。从儿，匚象形。凡兂之屬皆从兂。」

9、兒《說文》：「兒、頌儀也。从儿，白象面形。凡兒之屬皆从兒。」

10、面《說文》：「面、顏前也。从百，象人面形。凡面之屬皆从面。」

（三）省體象形

　　以一個象形文爲主體而有所省略其形的，謂之省體象形。有人稱爲破體象形。王筠《說文釋例》列爲指事，朱宗萊《文字學形篇》列爲變體象形，而以象形之省減其形或變易其形的屬之，魯師實先始就朱氏變體象形中之省減形體者別出一類，稱爲省體象形。

　　1、烏《說文》：「𩁟、孝鳥也。象形。孔子曰：烏、亏呼也。取其助气，故以爲烏呼。凡烏之屬皆从烏。」

　　說明：以鳥爲主體而省略其眼睛。烏鳥毛黑，與眼珠同色，乍看無別，故省其眼以見其義。

　　2、歺《說文》：「𣦵、列骨之殘也。从半冎。凡歺之屬皆从歺。讀若櫱岸之櫱。」

　　說明：以冎爲主體而省略其形，故云从半冎。

　　3、片《說文》：「𤳁、判木也。从半木。凡片之屬皆从片。」

　　說明：从木省其半。

　　4、非《說文》：「𢁃、韋也。从飛下翅，取其相背也。凡非之屬皆从非。」

　　說明：从飛省其上體。韋，違背之義。

　　5、卂《說文》：「卂、疾飛也。从飛而羽不見。凡卂之屬皆从卂。」

　　說明：从飛省其下體。

　　6、了《說文》：「𠄏、尥也。从子無臂象形。凡了之屬皆从了。」

　　說明：从子省其二臂。

　　7、孑《說文》：「𢿾、無又臂也。从了，乚象形。」

　　說明：从子省其右臂，《說文》云从了、乚象形，釋爲合體象形。

　　8、孒《說文》：「𢿿、無𠂇臂也。从了，𠃌象形。」

　　說明：从子省其左臂，《說文》云从了，𠃌象形，未允。

　　9、夕《說文》：「𠂔、莫也。从月半見。凡夕之屬皆从夕。」

　　說明：以月爲主體而省略其形。

10、〈《說文》：「〉、水小流也。周禮匠人爲溝洫，枱廣五寸，二枱爲耦。一耦之伐，廣尺深尺謂之〈，倍〈謂之遂，倍遂曰溝，倍溝曰洫，倍洫曰巜。凡〈之屬皆从〈。」

說明：从川省。

（四）變體象形

以一個象形文爲主體而變易其位置，或變化其形體筆畫者，謂之變體象形。王筠《說文釋例》列爲指事，朱宗萊《文字學形篇》列爲變體象形。

1、屮《說文》：「屮、蹈也。从反止。讀若撻。」

說明：从止而變易其位置。

2、彳《說文》：「彳、步止也。从反彳。讀若畜。」

說明：从彳而變易其位置。

3、爪《說文》：「爪、亦丮也。从反爪。闕。」

說明：从爪而變易其位置。

4、屰《說文》：「屰、亦持也。从反丮。闕。」

說明：从丮而變易其位置。

5、卩《說文》：「卩、下也。闕。」

說明：从卪而變易其位置。當云从反卪。

6、亅《說文》：「亅、鉤識也。从反亅。讀若韡。」

說明：从亅而變易其位置。

7、廴《說文》：「廴、長行也。从彳引之。凡廴之屬皆从廴。」

說明：从彳而變化其筆畫。

8、禾《說文》：「禾、木之曲頭止不能上也。凡禾之屬皆从禾。」

說明：从木而變化其筆畫。木之曲頭止不能上，此釋義亦釋形，形在義中之例。

9、匕《說文》：「匕、相與比敘也。从反人。匕亦所以用比取飯。一名柶。凡匕之屬皆从匕。」

說明：此形當分爲二字，其一，飯器，即匙之初文，象匙形，匕部匙字云：匕也，又匕字云：所以用匕取飯，皆此義，卑履切，音ㄅㄧ∨。其二，頭不正。从人而變易其位置，《說文》云从反人，又匕部頃字云：頭不正也，从匕頁，所从匕，與飯器無涉，皆此義，音當讀同「頃」，去營切，音ㄑㄧㄥ。此同形異字，許慎不加分辨，混而爲一，致匕部諸字形義錯亂難曉。又比、匕同音，「相與比敘」，此比之借義。

10、交《說文》：「𡘙、交脛也。象交形。凡交之屬皆从交。」

說明：从大而變化其筆畫，下象交脛之形。

第二節　指事釋例

一、指事界義

《說文・敘》云：「指事者，視而可識，察而見意，上下是也。」

視而可識，謂其形甚簡；察而見意，謂其義易明。指事文是心中先有一個意念，然後用線條表示出來，故指事文多爲符號而非圖形，多爲虛象而非實象。

二、事的範圍

事的範圍包含下列四項：

（一）表示觀念，如「乃」字即以符號指明困難的觀念。

（二）表示位置，如「上」字即以符號指明所處的位置。

（三）表示狀態，如「凶」字即以符號指明凶惡的狀態。

（四）抽象動作，如「入」字即以符號指明所作的動作。

三、指事分類

指事分爲三類：其一是獨體指事，其是合體指事，其三是變體指事。第一類是指事的正例，後二類是指事的變例。

（一）獨體指事

　　凡是用線條符號指明，有獨立音義、具獨一無二、獨立完整性的抽象事物意象，稱爲獨體指事。

　　1、一《說文》：「一、惟初大極，道立於一，造分天地，化成萬物。凡一之屬皆从一。」

　　說明：甲文、金文並作「一」，用爲計數，本義當爲計數之始，《說文》所言，「一」爲萬物之本始，是其引伸義。

　　2、上《說文》：「二、高也。此古文上。指事也。凡上之屬皆从上。」

　　說明：以一長畫爲基準，而以一短畫指明其部位，此所指者即爲高上之義。

　　3、下《說文》：「二、底也。从反上爲下。」

　　說明：上、下二義無分難易，造字不應有先後。當以一長畫爲基準，再以一短畫指明其部位，此所指即爲低下之義，應爲獨體指事，《說文》云从反上爲下，說爲先造上字，復據以造下字，釋爲變體指事，未允。

　　4、小《說文》：「小、物之微也。从八，丨見而八分之。凡小之屬皆从小。」

　　說明：甲文作「小」，金文作「川」、「小」，以臆構之三小點會聚示微小之義。其後兩側小點變易而形近於「八」字，中一小點變易爲一豎，形近於「丨」字，《說文》釋爲从八丨會意，此據變形立說，未允。

　　5、十《說文》：「十、數之具也。一爲東西，丨爲南北，則四方中央備矣。凡十之屬皆从十。」

　　說明：甲文作「丨」，金文作「十」、「十」、「十」，此乃上古結繩記事之遺跡，以一直線上打一小結，示終了之義，「十」乃個位數之終了，《說文》云數之具，即數之終。《說文》釋形，說爲从一从丨會意，未允。

　　6、予《說文》：「予、推予也。象相予之形。凡予之屬皆从予。」

説明：上體示授受二方，下體一撇爲動象，示以物由此推予彼方之義。

7、乃《說文》：「ㄋ、曳詞之難也。象气之出難也。凡乃之屬皆从乃。」

説明：以曲折線條表示言詞出口艱難之義。

8、入《說文》：「人、內也。象從上俱下也。凡入之屬皆从入。」

説明：段注：「上下者外中之象」，上下、外中爲相對之觀念，從上俱下，猶言從外俱中，此臆構之象，示由外入內之義。

9、夂《說文》：「ㄟ、從後至也。象人兩脛後有致之者。凡夂之屬皆从夂。讀若黹。」

説明：上體示人兩脛，「ㄟ」示有人從後致上之義。

10、丐《說文》：「ㄢ、不見也。象雝蔽之形。凡丐之屬皆从丐。」

説明：象四方雝蔽之形，此臆構之象，以示不見之義。

（二）合體指事

以一個文爲主體，附加不成文的符號，二者相合而成的文字，謂之合體指事。

1、牟《說文》：「牟、牛鳴也。从牛，乙象其聲氣從口出。」

説明：「乙」示聲音從口出之義，此爲虛象。

2、只《說文》：「只、語已詞也。从口，象气下引之形。凡只之屬皆从只。」

説明：下二小畫示聲音下沉之義，此爲虛象。

3、寸《說文》：「寸、十分也。人手卻一寸動脈謂之寸口。从又一。凡寸之屬皆从寸。」

説明：本義當爲「寸口」，亦即脈門。从又，示其在手部，「－」示寸口之部位，此臆構之象，《說文》釋爲从又一會意，未允。

4、凶《說文》：「凶、惡也。象地穿交陷其中也。凡凶之屬皆从凶。」

説明：从凵，坎之初文，坑穴之義。「乂」示交陷其中之象。《說文》

云象地穿交陷其中，釋爲獨體指事，未允。

5、疒《說文》：「疒、倚也，人有疾痛也。象倚箸之形。凡疒之屬皆从疒。」

⬚說明：从爿，床之初文，「－」示倚箸之象，《說文》云象倚箸之形，釋形未全。

6、卒《說文》：「卒、隸人給事者爲卒。古以染衣題識，故从衣一。」

⬚說明：从衣，「－」示染衣題識之義，示隸人衣著異於常人。《說文》釋爲从衣一會意，未允。

7、巜《說文》：「巜、害也。从一雝川。春秋傳曰：川雝爲澤凶。」

⬚說明：从川，「－」示壅塞之象，《說文》云从一雝川會意，未允。

8、亦《說文》：「亦、人之臂亦也。从大，象兩亦之形。凡亦之屬皆从亦。」

⬚說明：亦爲腋之初文，二小點示兩腋之部位，此虛象。

9、毋《說文》：「毋、止之詞也。从女一。女有姦之者，一、禁止之，令勿姦也。凡毋之屬皆从毋。」

⬚說明：从女，「－」示禁止之義，《說文》釋爲从女一會意，未允。

10、与《說文》：「与、賜予也。一勺爲与。此與予同意。」

⬚說明：从勺，「－」爲動象，示由此予彼之義，《說文》釋爲从一勺會意，未允。

（三）變體指事

以一個指事文爲主體，而變易其位置者，謂之變體指事。所謂變易位置，有的左右相反變易，有的上下相倒變易。

1、丂《說文》：「丂、反丂也。讀若呵。」

⬚說明：丂爲獨體指事，此從丂而左右相反變易其位置。

2、夂《說文》：「夂、跨步也。从反夂。冊從此。」

⬚說明：夂爲獨體指事，此從夂而左右相反變易其位置，義亦相反。夂

爲遲行，此取遲行之反義，故爲跨步。

　　3、幻《說文》：「ㄠ、相詐惑也。从反予。周書曰：無或譸張爲幻。」

　　說明：予爲獨體指事，此從予而左右相反變易其位置，義亦相反，取相予而又不予，故爲詐惑。

　　4、ㄟ《說文》：「ㄟ、ナ戻也。从反ノ。讀與弗同。」

　　說明：ノ爲獨體指事，此從ノ而左右相變易其位置，義亦相反。ノ爲右戾，此取右戾之反義，故爲左戾。

　　5、乁《說文》：「乁、流也。从反厂。讀若移。凡乁之屬皆從乁。」

　　說明：厂爲獨體指事，此從厂而左右相反變易其位置，義亦相反。厂爲牽引，此取牽引之反義，故爲流動。

第三節　會意釋例

一、會意界義

　　《說文·敘》云：「會意者，比類合誼，以見指撝，武信是也。」

　　比類，謂會合各類事物，亦即會合各類文字。合誼，謂會合此文字之義。誼，意義。指撝，旨意，指造字者之意向，亦即此一會意字之本義。

　　凡由二個以上文字組合而成的新文字，謂之會意。如武由止戈二字組合，信由人言二字組合，組合而成的新文字「武」、「信」二字，已另有新義新音。

二、會意字的組成分子—比類

　　比類，謂會合各類文字之形體，亦即指此會意字之組成分子。先民造字，先有象形、指事之文，後有會意、形聲之字。故初有會意之時，組成分子只有二類，即象形、指事。以二合方式言之，其組成分子的結構是：

　　（一）象形會合象形，如「取」由「耳」、「又」會合，耳、又並爲

象形。

　　（二）象形會合指事，如「夲」由「大」、「十」會合，大爲象形，十爲指事。

　　（三）指事會合指事，如「及」由「乃」、「夂」會合，乃、夂並爲指事。

　　會意出現之後，其組成分子增爲三類，以二合方式言之，其組成分子的結構是：

　　（四）象形會合會意，如「棥」由「爻」、「林」會合，爻爲象形，林爲會意。

　　（五）指事會合會意，如「兩」由「二」、「門」會合，二爲指事，門爲會意。

　　(六)會意會合會意，如「䭭」由「臥」、「食」會合，臥、食並爲會意。

　　形聲出現之後，其組成分子增爲四類，以二合式言之，其組成分子的結構是：

　　（七）象形會合形聲，如「竟」由「音」、「儿」會合，「音」爲形聲，「儿」爲象形。

　　（八）指事會合形聲，如「討」由「言」、「寸」會合，「言」爲形聲，「寸」爲指事。

　　（九）會意會合形聲，如「郵」由「邑」、「垂」會合，「邑」爲會意，「垂」爲形聲。

　　（十）形聲會合形聲，如「設」由「言」、「殳」會合，「言」，「殳」並爲形聲。

　　綜上所述，以二合方式言之，會意字的組成分子有四類，其組成結構有十種。若以三合、四合等方式言之，其組成分子仍爲四類，而其組成結構則更爲多種，以此方式造出的會意字就爲數更多，比起用線條造出的象形、指事當然要方便得多。認真說來，象形文、指事文，其他國家、種族

也可能具有，不能說是中國文字的獨尊，要比較中國文字異於其他國家、種族之處，應從會意字說起。

三、會意字的結合方式—合誼

合誼，謂會合各類文字的字義，亦即指會意字的結合方式。會意字的結合方式可從內涵、關係、比重三方面說明：

（一）內涵結合方式

每一文字都有其本義、引伸義、比擬義、假借義。本義只有一個，引伸、比擬、假借義則為0到無限。以此方式造字，其結構內涵至為複雜，今以二合方式，而每字本義一、引伸義一、比擬義一、假借義一的情形言之，其組成分子內涵結合的方式是：

1、本義與本義會合，如「休」由「人」、「木」會合，人、木並取本義。

2、本義與引伸義會合，如「知」由「矢」、「口」會合，口取本義，矢取引伸義。

3、本義與假借義會合，如「甚」由「甘」、「匹」會合，甘取本義，匹取假借義。

4、引伸義與引伸義會合，如「夃」由「乃」、「又」會合，乃、又並取引伸義。

5、引伸義與假借義會合，如「早」由「匕」、「十」會合，十取引伸義，匕取假借義。

6、假借義與假借義會合。（其例闕）

（二）關係結合方式

王筠《說文釋例》從會意字的關係言會意的結合方式有三：

1、順遞為義，或稱順成結合，謂會意字之組成分子關係密切，有如順理成章，即見其義，《說文》往往言从某某者屬之，如「公」从八厶會

意是。

2、並峙為義，或稱並列結合，謂會意字之組成分子關係疏遠，必須並列比較乃見義，《說文》往往言从某从某者屬之，如「夃」从乃从又會意是。

3、以形見義，或稱依位結合，會意字之組成分子，依其位置關係以見其義，《說文》往往言从某某象形者屬之，如「門」从二戶象形是。

此以會意字組成分子關係結合的方式而言。若兼以內涵、關係二者交錯會合，加以每字以引伸、比擬、假借多義的情形來說，則其會合的情況就更複雜，據此會合方式造出的會意字就為數更多了。

（三）比重結合方式

從會意字組成分子的比例輕重來看，其結合方式亦有二類：

1、表類別義，此類之會意字，組成分子義有輕重主從，義之所重即示其類別，如《說文》：「某、酸果也。從木甘。」某从木，示其為木類。

2、表助成義，此類之會意字，組成分子無分輕重主從，故其組成分子不示類別之義，而與其他組成分子相互助成此會意字之全義。如《說文》：「便、安也。人有不便更之，故从人更。」便義為安，安非屬人之類，需會合人、更二字，乃見便義為安，是人、更二字助成安義也。

四、會意與形聲之區別

《說文·敘》云：「倉頡之初作書，蓋依類象形，故謂之文，其後形**聲相益，即謂之字。**」會意與形聲都是由文字組合而成，而會意與形聲的區別，在於會意字是形符與形符的結合，文字本身不帶聲符。至於形聲字是形符與聲符的結合，文字本身帶有聲符。所以會意字一般稱為無聲字，形聲字一般稱為有聲字。所以區別會意字與形聲字，鑑定其組成分子是形符還是聲符，便是最實在而根本的辦法。

五、會意的分類

　　會意字分爲五類：其一是異文會意，其二是同文會意，其三是會意附加圖形，其四是會意附加符號，其五是變體會意。前二類是會意的正例，後三類是會意的變例。《說文‧敍》云會意是比類合誼，比異類的是異文會意，比同類的是同文會意。

　　此外，《說文》釋爲「从某某，某亦聲」的字，有人把它稱爲會意兼形聲，或會意兼諧聲，而把它列爲會意字。前面已說過，會意與形聲的區別就在會意字不帶聲符，而形聲字帶有聲符，然則此類「从某某，某亦聲」的字，既然帶有聲符，還是列於形聲字爲宜。

（一）異文會意

　　二個以上不同類文字以形會合的，稱爲異文會意。

　　1、祭《說文》：「𥙊、祭祀也。从示，以手持肉。」

　　說明：祭从示从又从肉會意。从示，表神事之義，此取引伸義。从又，表主祭者，此亦取引伸義。从肉，表祭品，此亦取引伸義。三者會合乃得祭祀之義。

　　2、祝《說文》：「祝、祭主贊詞者。从示从儿口。一曰：从兌省。易曰：兌爲口爲巫。」

　　3、閏《說文》：「閏、餘分之月。五歲再閏也。告朔之禮，天子居宗廟，閏月居門中，从王在門中。周禮：閏月王居門中，終月也。」

　　說明：王在門中，此以形見義之例。餘分之月，謂陽曆與陰曆每年相差 11 日，每三年相差約一個月，即所謂閏月。古代閏月置於年終，故云終月。甲骨文、金文皆有十三月，在十二月之後，亦即閏月。

　　4、告《說文》：「𠮠、牛觸人，角箸橫木，所以告人也。从口从牛。易曰：僮牛之告。凡告之屬皆从告。」

　　說明：本義當爲祭告，从牛，表祭祀之犧牲。从口，表祭祀以口禱告。

　　5、名《說文》：「𠙻、自命也。从口夕。夕者冥也，冥不相見，故

以口自名。」

6、伐《說文》：「伐、擊也。从人持戈。一曰，敗也。亦斫也。」

說明：甲文作「伐」，金文作「伐」，从人从戈，象人頸加戈上之形，此以形見義之例，《說文》云从人持戈，此據篆文立說，未允。

7、臭《說文》：「臭、禽走臭而知其跡者犬也。从犬自。」

說明：自，鼻之初文。从犬自會意，犬鼻嗅覺靈敏，故从犬。後引伸爲所嗅之味，再引伸爲惡味，音亦變爲ㄔㄡˋ。

8、男《說文》：「男、丈夫也。从田力。言男子力於田也。凡男之屬皆从男。」

9、仄《說文》：「仄、側傾也。从人在厂下。」

說明：厂，屋也。从人在厂下，此亦以形見義之例。人在屋簷下，不得不低頭，故爲側傾之義。

10、某《說文》：「某、酸果也。從木甘。闕。」

說明：从木甘會意，許慎以某義爲酸果，而从甘，不得其解，故云闕。段注云：「甘者酸之母也，凡食甘多易作酸味。」

（二）同文會意

二個以上同類文字，以形結合者，謂之同文會意。

1、玨《說文》：「玨、二玉相合爲一玨。凡玨之屬皆从玨。」

說明：从二玉會意。《說文》云二玉相合爲一玨，釋義亦釋形，此形在義中之例。

2、㹜《說文》：「㹜、兩犬相齧也。从二犬。凡㹜之屬皆从㹜。」

3、並《說文》：「並、併也。从二立。凡並之屬皆从並。」

4、卉《說文》：「卉、艸之總名也。从艸屮。」

說明：从三屮會意。

5、羴《說文》：「羴、羊臭也。从三羊。凡羴之屬皆从羴。」

6、猋《說文》：「猋、犬走皃。从三犬。」

7、轟《說文》：「轟、轟轟，群車聲也。从三車。」

8、芔《說文》：「芔、眾艸也。从四屮。凡芔之屬皆从芔。」

9、㗊《說文》：「㗊、眾口也。从四口。凡㗊之屬皆从㗊。讀若戢。一曰呶。」

10、炎《說文》：「炎、火光上也。从重火。凡炎之屬皆从炎。」

（三）會意附加圖形

以會意字為主體，或由二個以上文字以形會合，附加不成文之圖形，二者相合而成的文字，謂之會意附加圖形，有人稱為會意附加象形，或會意兼象形。

1、爨《說文》：「爨、齊謂炊爨。𦥑象持甑，冂為竈口，廾推林內火。凡爨之屬皆从爨。」

說明：此齊地方言造字。从臼从廾从林从火會意，附加「𦥑」、「冂」不成文的圖形。𦥑，象甑之形；冂，象竈口之形。

2、爵《說文》：「爵、禮器也。象雀之形，中有鬯酒，又持之也。所以飲器象雀者，取其鳴節節足足也。」

說明：从又从鬯會意，「象」象爵器之形而省其三足，不成文。

3、熏《說文》：「熏、火煙上出也。从屮从黑，屮、黑熏象。」

說明：从黑，「屮」象煙燻上出之形，不成文。黑从囱从炎會意。囱，古文囪，《說文》云从屮从黑，釋為異文會意，未允。

4、侯《說文》：「侯、春饗所射侯也。从人从厂，象張布，矢在其下。天子射熊虎豹，服猛也。諸侯射熊虎。大夫射麋，麋、惑也。士射鹿豕，為田除害也。其祝曰：毋若不寧侯，不朝于王所，故伉而射汝也。」

說明：从人从矢會意，「厂」象張布為靶之形，不成文，《說文》云从人从厂从矢會意，釋為異文會意，未允。

5、或《說文》：「或、邦也。从囗戈，以守其一。一、地也。」

說明：或，國之初文。从囗，圍之初文，示國之疆域；从戈，示國之

防衛；「一」象地之形，不成文。

（四）會意附加符號

　　以會意字為主體，或由二個以上文字以形會合，附加不成文之符號，二者相合而成的文字，謂之會意附加符號，有人稱為會意附加指事，或稱會意兼指事。

　　1、畫《說文》：「畫、介也。从聿，象田四介，聿所以畫之。凡畫之屬皆从畫。」

　　說明：介，界之初文。从聿从田會意，聿、筆之初文，示畫分田界之義。四畫象田四界，上古地大，田界無定，此乃虛象，不成文。

　　2、胤《說文》：「胤、子孫相承續也。从肉从八，象其長也。幺亦象重絫也。」

　　說明：从肉从八會意。从八，示分別之義，子孫有別於祖先。从肉，示骨肉相親。「幺」示重累延續之義，不成文。

（五）變體會意

　　以會意字為主體，或由二個以上文字以形會合，而變易其位置者，謂之變體會意。

　　1、癶《說文》：「癶、引也。从反廾。凡癶之屬皆从癶。」

　　說明：廾从屮从又會意，癶从廾而左右相反變易位置，義亦相反，取拱手之反義，故為攀引。

　　2、北《說文》：「北、乖也。从二人相背。凡北之屬皆从北。」

　　說明：「从」从二人會意，示相聽從之義。北从二人而左右二體變易位置，義亦相反。取聽從之反義，故為乖違。

　　3、比《說文》：「比、密也。二人為从，反从為比。凡比之屬皆从比。」

　　說明：「比」从「从」而左右相反變易其位置，義亦相反。「从」从二人會意，前者尊，後者卑；比从反从，不分尊卑，故為密義。

4、丸《說文》：「🝔、圜也。傾側而轉者。从反仄。凡丸之屬皆从丸。」

說明：丸从仄而相反變易其位置，義亦相反。仄義爲傾側，丸从反仄，示傾側倒地滾動之義。圜，丸疊韻，此聲訓之例，圜形之物能滾動，此丸之引伸義，凡聲訓之字，必爲所訓釋之字的引伸義，而「傾側而轉者」，乃補充說明聲訓之字與訓釋之字的差距，實即丸之本義所在。

5、乏《說文》：「𣥂、春秋傳曰：反正爲乏。」

說明：正从一止會意，乏从正而左右相反易其位置，義亦相反，取正之反義，不正則眾叛親離，故爲貧乏、困乏之義。

（附）會意兼諧聲

有些學者把《說文》釋爲「从某某，某亦聲」的字，稱爲會意兼諧聲，或稱會意兼形聲，或稱會意亦聲，而列於會意類。有些字大徐本釋爲从某某會意，而小徐本、段注本則釋爲从某某、某亦聲，甚至釋爲从某某聲，各家的釋形互有出入。有些字《說文》各本皆釋爲从某某，而段注云「某亦聲」。

這些被視爲形符，或視爲聲符；或看似形符，而實爲聲符的字；各家的六書分類，頗有爭議，有人列爲會意，有人列爲形聲。前面提到，會意與形聲的區別，在於前者爲無聲字，而後者爲有聲字，然則這些帶有聲符身份的字，還是列於形聲字爲宜，在這裡，將它列爲附錄，以供參考。

1、琀《說文》：「琀、送死口中玉也。从王含，含亦聲。」

2、叛《說文》：「叛、半反也。从半反，半亦聲。」

3、返《說文》：「返、還也。从辵反，反亦聲。商書曰：祖伊返。」

4、政《說文》：「政、正也。从攴正，正亦聲。」

5、婢《說文》：「婢、女之卑者也。从女卑，卑亦聲。」

6、君《說文》：「君、尊也。从尹口。口以發號。」

說明：段注：「尹亦聲。」

7、祫《說文》：「祫、大合祭先祖親疏遠近也。从示合。周禮曰：三歲一祫。」

　　|說明|：祫、合古同音，「合」應爲聲符。

8、命《說文》：「命、使也。从口令。」

　　|說明|：命、令疊韻，「令」應爲聲符。

第四節　形聲釋例

一、形聲界義

《說文・敘》云：「形聲者，以事爲名，取譬相成，江河是也。」

事，事物，指表達各類事物的文字。名，文字，在此指形聲字的形符。譬、喻、說明，在此指形聲字的聲符。謂以一個表達各類事物的文字作爲形符，再取一個可以說明此義的文字作爲聲符，這形符與聲符相結合而成的新文字，謂之形聲字。如江、从水工聲，河、从水可聲，「水」是形符，「工」、「可」是聲符。

二、形聲字形符的功能

形聲字的形符，主要的功能在表義，所以有人稱之爲意符。形符所表達的義有下列幾種：

（一）表類別義

此類形符表形聲字屬某一物類，或某一事類，大多數形聲字的形符屬於此類。如「其、豆莖也。从艸其聲。」其从艸，示其爲艸類，與聲符「其」會合，乃有豆莖之義。

（二）表助成義

此類形符非表事物之類別，乃是與聲符配合，相輔相成，而得其全義。此類形聲字之聲符，或表義，或不表義。如「夤、敬惕也。从夕寅聲。」

夤从夕，非示其爲夕類，《說文》引《易》曰：「夕惕若厲。」段注：「此引者，說从夕之意也。」此表夕之本義，聲符「寅」不表義，與形符「夕」會合，乃有敬惕之義。

（三）表全義

此類形符表形聲字的全義，爲數不多，都是先有形符，後加聲符。此類形聲字的聲符，只是識音，並無助成形符表義的作用。如「朅、去也。从去曷聲。」朅訓去而形符「去」已表其全義。去、丘據切，溪母、五部；朅、丘竭切，溪母、十五部。二字古雙聲，去朅二字轉注，去爲初文，其後韻變，乃增益曷聲而爲朅字。聲符曷，僅識音辨形，不具辨義助成作用。

字義有本義、引伸義、比擬義、假借義之別，形聲字的形符表義，當然也有表本義、引伸義、比擬義、假借義之不同。如「其」从艸，表本義；「祟」从示，表引伸義；「層」从尸，表比擬義；「豉」从豆，示其爲豆類，此表豆之假借義。豆本義爲食肉器，豆麥之義乃其假借義。

三、形聲字聲符的功能

形聲字的聲符，主要的功能有二：

（一）表音

聲符表音的功能有如下幾種：

1、表同音

形聲字在造字之時，既以聲符表音，則聲符當與形聲字同音，所以在理論上，聲符應是紀錄形聲字造字時之本音，《說文》9353 字中，形聲字約 8200 字，其中聲符與形聲字同音的，約 4400 字。如「鄉」从皀聲，鄉、皀同音。

2、表疊韻

此類聲符本與形聲字同音，後世音變，而與形聲字疊韻。如「銀」从艮聲，銀、艮疊韻。

3、表雙聲

此類聲符本亦與形聲字同音，後世音變，而與形聲字雙聲。如「短」從豆聲，短、豆雙聲。

（二）表義

形聲字之聲符，本以表音為主，然亦有兼表義者，段玉裁注《說文》，每云：「此形聲兼會意」，即其例，如：《說文》：「璑、王器也。從玉畾聲。」段注：「凡從畾字，皆形聲兼會意。」又《說文》云「從某某、某亦聲」者亦此例，如：段注本《說文》云：「禬、會福祭也。從示會聲。」，大徐本作「從示會，會亦聲」，此亦聲符兼義之例。

又《說文》云「從某某」、「從某從某」會意者，其所從形符每亦兼聲，而段注每云「某亦聲」、「此會意包形聲」，如《說文》：「祟、神禍也。從示出。」段注：「出亦聲。」是祟當從示出聲，此亦聲符兼義之例。凡此聲符兼義者，亦猶會意字形符表義之例。會意字形符表義亦有二類，其一表類別義，其二表助成義，形聲字聲符表義的功能主要也有二種，其一表助成義，其二表全義：

1、表助成義

形聲字聲符兼義者，與形符相合乃能表此形聲字之全義，而形聲字形符表類別義者，即義之所重，聲符雖兼義，亦僅助成其義而已。助成義亦即個別義，必須與形符相合而助成之，乃得形聲字之全義，如「璑、玉器也。從玉畾聲。」從玉，示其類別，此義之所重。畾，雷之初文，示器有雷紋，此義之所輕。由此聲符表雷紋之個別義，與形符表玉類之類別義相助成，乃得玉器之全義。至於形符之表助成義者，無分輕重主從，亦與聲符相合以助成其全義，如「賣、出物貨也。從出從買。」段注：「《韻會》作買聲，則以形聲包會意也。」賣當從出買聲，從出，示其出入之義，聲符買助成之，乃有出物貨之義。

2、表全義

此類聲符表形聲字的全義，爲數不多，都是先有聲符，後加形符。此類形聲字的形符，是後加的，雖有表義作用，但在形符未加之前，聲符已具表義作用，且所表係全義，則此形符反居助成地位，助成聲符表義作用而已。如「鬲、鼎屬也。象腹交文三足。䰞、鬲或從瓦。」鬲，象器形，後加瓦旁作䰞，從瓦鬲聲。鬲已表全義，加瓦旁，示其質料，有表義作用，而助成聲符「鬲」表義而已。

四、形聲分類

形聲字可分爲九類，其一是一形一聲，其二是多形，其三是多聲，其四是省形，其五是省聲，其六是形聲附加圖形，其七是形聲附加符號，其八是亦聲，其九是形符不成文。第一類屬形聲之正例，大多數的形聲字屬此類。其餘都屬變例。

有的學者依形聲字形符與聲符的位置來分類，把形聲字分爲左形右聲，如瑜字；右形左聲，如鄙字；上形下聲，如莒字；下形上聲，如柴字；外形內聲，如圍字；內形外聲，如問字；雜類，如雜字。但是文字的形符、聲符，位置往往變動不定，如鄰字右形左聲，或作隣，左形右聲，同一字而分屬二類，似有未宜。

（一）一形一聲

二個文字以一作形符一作聲符結合而成者，謂之一形一聲形聲字。凡《說文》云「从某某聲」，「从某某、某亦聲」者屬之。又「从某某」，「从某从某」，而段注云「某亦聲」，或以音理衡之，其所从當爲聲符者，亦屬之。

1、瑜《說文》：「瑜、瑾瑜也。从玉俞聲。」

2、禬《說文》：「禬、會福祭也。从示會聲。周禮曰：禬之祝號。」

3、句《說文》：「句、曲也。从口丩聲。凡句之屬皆从句。」

4、短《說文》：「短、有所長短，以矢爲正。从矢豆聲。」

5、嗾《說文》：「𠻛、使犬聲，从口族聲。春秋傳曰：公嗾夫獒。」

6、閤《說文》：「閤、門旁戶也。从門合聲。」

7、表《說文》：「𧘝、上衣也。从衣毛。古者衣裘，故以毛為表。」

說明：段注：「毛亦聲。」表當从衣毛聲。

8、國《說文》：「國、邦也。从囗从或。」

說明：國、古惑切，或、胡國切。二字同在段氏第一部，古音疊韻。國當从囗或聲。

9、禮《說文》：「禮、履也。所以事神致福也。从示从豊，豊亦聲。」

說明：禮當从示豊聲。

10、父《說文》：「𤓰、巨也。家長率教者。从又舉杖。」

說明：金文作「𤓰」，从又𤓰聲，象以手持火炬。𤓰，主之初文。父、扶雨切，古音在段氏第五部；𤓰、知庚切，古音在第四部。二字古韻相近。

（二）多形

形聲字形符二個以上者，謂之多形形聲字。

1、嗣《說文》：「嗣、諸侯嗣國也。从冊口、司聲。」

2、尋《說文》：「𡬶、繹理也。从工口，从又寸。工口、亂也。又寸、分理之也。彡聲。此與𡄹同意。度人之兩臂為尋，八尺也。」

說明：尋，本義為理出頭緒，从又寸工口、彡聲，此四形一聲。从工口，示治理之義；从又寸，示分類整理之義。

3、寶《說文》：「寶、珍也。从宀玉貝、缶聲。」

4、碧《說文》：「碧、石之青美者。从玉石、白聲。」

5、藻《說文》：「藻、水艸也。从艸水、巢聲。詩曰：于以采藻。」

6、絕《說文》：「絕、斷絲也。从刀糸、卩聲。」

（三）多聲

形聲字聲符二個以上者，謂之多聲形聲字。

1、竊《說文》：「竊、盜自中出曰竊。从穴米、离廿皆聲也。廿。古文疾。」

說明：从离、廿二聲。

2、齏《說文》：「齏、韲也。从韭、次弟皆聲。」

3、穧《說文》：「穧、積秝，多小意而止也。从禾从攴、只聲。」

說明：从攴、只二聲。

（四）省聲

形聲字聲符省略者，謂之省聲形聲字。

1、齋《說文》：「齋、戒絜也。从示齊省聲。」

2、薅《說文》：「薅、披田艸也。从蓐好省聲。」

3、哭《說文》：「哭、哀聲也。从吅从獄省聲。」

4、梓《說文》：「梓、楸也。從木宰省聲。」

說明：《說文》重文作「榟」，从木宰聲不省。

5、融《說文》：「融、炊气上出也。从鬲蟲省聲。融、籀文融不省。」

說明：《說文》重文作「融」，从鬲蟲聲不省。

6、受《說文》：「受、相付也。从受舟省聲。」

（五）省形

形聲字形符省略部份形聲者，謂之省形形聲字。

1、釁《說文》：「釁、血祭也。象祭竈也。从爨省，從酉。酉所以祭也。從分，分亦聲。」

說明：从爨省从酉，分聲。屬省形類，亦屬多形類。

2、弒《說文》：「弒、臣殺君也。易曰：臣弒其君。从殺省式聲。」

3、寐《說文》：「寐、臥也。从寢省未聲。」

4、考《說文》：「考、老也。从老省丂聲。」

5、晨《說文》：「農、房星，爲民田時者。从晶辰聲。晨、農或省。」

說明：晨，从晶省辰聲，《說文》正篆作「農」，从晶辰聲不省。

6、星《說文》：「曐、萬物之精上爲列星。从晶从生聲。一曰：象形。从○，古○復注中，故與日同。星、或省。」

說明：星，从晶省生聲，《說文》正篆作「曐」，从晶生聲不省。

7、汨《說文》：「汩、長沙汨羅淵也。从水冥省聲。屈平所沈水。」

8、茵《說文》：「茵、貝母也。从艸朙省聲。」

（六）形聲附加圖形

形聲字形符聲符之外，附加不成文之圖形者，謂之形聲附加圖形。有人稱爲形聲附加象形，或稱形聲兼象形，或稱益體象形。

1、牽《說文》：「牽、引而前也。从牛，冂象引牛之縻也，玄聲。」

說明：从牛玄聲，附加「冂」，象牽引牛的繩索之形，不成文。

2、禽《說文》：「禽、走獸總名。从厹，象形，今聲。禽离兕頭相似。」

說明：从厹今聲，附加「凶」，象頭之形，不成文。

3、槀《說文》：「槀、羊棗也。從木，人象形，畾聲。」

說明：从木畾聲，附加「人」象羊棗之柄形，不成文。

（七）形聲附加符號

形聲字形符聲符之外，附加不成文之符號者，謂之形聲附加符號。有人稱爲形聲附加指事，或稱形聲兼指事，或稱益體指事。

1、旁《說文》：「旁、溥也。从二，闕，方聲。」

說明：溥，廣大。从二方聲。二，古文上。段注：「闕謂从冂之說未聞也。李陽冰曰：冂象旁達之形也。」附加「冂」，示籠罩之義，不成文。

2、葬《說文》：「葬、臧也。从死在茻中，一、其中所以荐之。易曰：古者葬厚，衣之以薪。茻亦聲。」

說明：从死茻聲，附加「一」，示屍體有所荐藉之義，不成文。

（八）亦聲

《說文》釋形云「从某某，某亦聲」者，學者或稱之爲亦聲字。亦聲字有二種類型：

　　1、異文亦聲

由二個以上不同類文字以形與聲會合的文字，稱爲異文亦聲。如禮，从示禮、豊亦聲。此當釋爲从示豊聲，列於形聲字一形一聲類。

　　2、同文亦聲

由二個以上同類文字以形與聲會合的文字，稱爲同文亦聲。形聲字之亦聲類，即指同文亦聲而言。有的學者把此類文字列於同文會意，但是會意字與形聲的區別，即在於後者帶有聲符而前者則否，然則此類文字列於形聲字爲宜。

　　1、哥《說文》：「哥、聲也。从二可。古文以爲歌字。」

　　說明：哥、古俄切，古聲屬見母，古韻在段氏第十七部；可、肯我切，古聲屬溪母，古韻在第十七部。二字古疊韻聲近，哥當从二可，可亦聲。

　　2、絲《說文》：「絲、微也。从二幺。凡絲之屬皆从絲。」

　　說明：絲、於堯切，古聲屬影母，古韻在段氏第二部；幺、於虯切，古聲屬影母，古韻在第三部。二字古雙聲韻近，絲當从二幺，幺亦聲。

　　3、赫《說文》：「赫、大赤皃。从二赤。」

　　說明：赫、呼格切，聲屬曉母，古韻在段氏第五部；赤、昌隻切，聲屬穿母，古韻在第五部。二字古疊韻，赫當从二赤，赤亦聲。

　　4、友《說文》：「友、同志爲友。从二又相交。」

　　說明：友、云久切，聲屬爲母，古歸影母，古韻在段氏第三部；又、于救切，聲屬喻母，古歸影母，古韻在第一部。二字古雙聲，友當从二又，又亦聲。

　　5、覞《說文》：「覞、並視也。从二見。凡覞之屬皆从覞。」

　　說明：段注：「覞，應古莧切。」古聲屬見母，古韻在段氏第十四部；

見、古甸切，古聲屬見母，古韻在第十四部。二字古同音，覬當从二見，見亦聲。

（九）形符不成文

形聲字形符爲不成文之圖形或符號者，謂之形符不成文。有的學者把形符爲不成文之圖形者，稱爲象形加聲，而列於象形。把形符爲不成文之符號者，稱爲指事加聲，列於指事。但是形聲字的特點在文字本身帶有聲符，故稱爲有聲字；象形、指事、會意三者，文字本身不帶有聲符，稱爲無聲字。然則此類文字本身既帶有聲符，應列於形聲字爲宜。

1、主《說文》：「、鐙中火主也。象形，從，亦聲。」
說明：从聲，形符「」象鐙座之形，不成文之圖形。

2、舜《說文》：「、舜艸也。楚謂之葍，秦謂之藑，蔓地生而連華。象形。从舛，舛亦聲。凡舜之屬皆从舜。」
說明：从舛聲，形符象蔓地生而花蕚相連之形，不成文之圖形。

3、也《說文》：「、女陰也。從乁象形，乁亦聲。」
說明：从乁聲，形符象女性陰部之形，不成文之圖形。

4、氏《說文》：「、巴蜀名山岸脅之旁箸欲落墯者曰氏。氏崩聲聞數百里，象形，乁聲。凡氏之屬皆从氏。楊雄賦：響若氏隤。」
說明：从乁聲，形符象崖石突出將要落下之形，不成文之圖形。

5、内《說文》：「、獸足蹂地也。象形，九聲。尒疋曰：狐貍貛貉醜，其足蹞，其跡内。凡内之屬皆从内。」
說明：从九聲，形符象獸足之形，不成文之圖形。

6、至《說文》：「、鳥飛從高下至地也。从一，一、猶地也。象形。不上去而至下，來也。凡至之屬皆从至。」
說明：形符「一」象地之形，不成文之圖形。至、金文作「」，象矢下至地之形，篆文「」由金文而稍變，所从「」，應象矢形。至、脂利切，聲屬照母，古韻在段氏第十二部；矢、式視切，聲屬審母，古韻

在第十五部。二字古音聲韻俱近，至當从矢聲，形符象地之形，不成文之圖形。《說文》釋爲从一象形，視「一」爲文字，釋「至」字爲合體象形，未允。

7、番《說文》：「畨、獸足謂之番。从釆，田象其掌。蹞、番或从足从煩。」

說明：番、附袁切，聲屬奉母，古歸並母，古韻在段氏第十四部；釆、蒲莧切，聲屬並母，古韻在第十四部。二字古同音，番當从釆聲，形符象獸掌之形，不成文之圖形。《說文》云从釆象形，釋爲合體象形，未允。

第五節　轉注釋例

一、轉注界義

《說文・敘》云：「轉注者，建類一首，同意相受，考老是也。」

建，造。類，聲韻的類。首，字首，指初文、母字。建類一首，謂由一個初文造出聲韻同類的字。相，語詞，置於動詞之前，表由彼加此之義。受，承受。同意相受，謂承受初文的原義而孳乳另一個後起字。轉，轉移，謂初文的原義轉移、或初文的本音轉移。注，注釋，亦即建造。由於初文的原義轉移、或初文的本音轉移而孳乳另造一個後起字，謂之轉注。

二、各家轉注之說簡述

自來各家轉注之說至爲紛歧，究其原因，由於對《說文・敘》所釋轉注定義的了解有所不同。

（一）建類之說

對於「類」的解說，主要有三說：

1、類、形類，謂形取同類，如艸、木同類是。

2、類、聲類，謂聲取同類，如考老疊韻是。

3、類、義類，謂義取同類，如考老同義是。

（二）一首之說

對於「首」的解說，主要有四說：

1、首、部首，謂說文五百四十部首。

2、首、語首，即語基，語根。

3、首、義首，謂數字同一義。

4、首、字首，謂初文、母字。

（三）同意相受之說

對於「相受」的解說，主要有二說：

1、相、互相，受、承受。謂二字同義，互相訓釋。

2、相、語詞，置於動詞之前，表由彼加此之義。受、承受。謂承受初文之原義而孳乳新字。

（四）轉注之說

1、形轉說：

謂轉注是形體的正反倒側相轉。唐·賈公彥《周禮疏》：「建類一首，文意相受，左右相注，故名轉注。」賈氏所謂「左右相注」，言簡義晦，形轉之說都從此出。

（1）唐·裴務齊《切韻序》：「考字左回，老字右轉。」

（2）元·戴侗《六書故》：「何謂轉注？因文而轉注之，側山為阜，反人為匕，反欠為旡，反子為𠫓之類是也。」

（3）元·周伯琦《六書正訛》：「聲有不可窮，則因形體而轉注焉。正乏是也。」形轉說純就許慎所舉「考」、「老」二字之例，以推轉注之義。

2、義轉說

謂轉注是字義的相轉，此說始於南唐徐鍇《說文繫傳》，而又可分為三派：

（1）**形聲派**：謂轉注近於形聲。

（子）南唐‧徐鍇《說文繫傳》：「祖考之考，古銘識通用丂，于丂之本訓轉其義，而加老注明之。犬走為猋，《爾雅》扶搖謂之猋，于猋之本訓轉其義，飆則加風注明之。」

（丑）清‧曾國藩《致朱仲我書》：「老者，會意字也；考者，轉注字也。……凡形聲之字，大抵以左體為母，以右體之得聲者為子，而母字從無省畫者；凡轉注之字，大抵以會意之字為母，亦以得聲者為子，母字從無不省畫者。省畫則母字之形不全。……形雖不全，而意可相受。……其曰建類一首者，母字之形模尚具也；其曰同意相受者，母字之畫省而意存也。」曾氏之說，亦就許氏所舉「考」、「老」二例立說，而以形聲字之省形者為轉注。

（寅）高鴻縉先生《中國字例》：「『建類一首，同意相受』兩句，皆指意符，『考老是也』，考由老轉注，從老省丂聲。」高氏之說，本曾氏之意。

（2）部首派：謂轉注是立一字類為部首，使同意之字互相承受。此解說「建類一首」之「首」，即《說文》五百四十部首。

（子）南唐‧徐鍇《說文繫傳》：「轉注者，屬類成字，而復于偏旁加訓，博喻近譬，故為轉注。人毛匕為老，耇、耆、耊亦老，故以老字注之，受意于老，轉相傳注，故謂之轉注。義近于形聲而有異焉，形聲江河不同，灘濕各異。轉注考老實同，妙好無隔，此其分也。」徐氏之意，以「建類一首」之首為部首，同部義同的為轉注。

（丑）清‧江聲《六書說》：「轉注則由是而轉焉，如挹彼注茲之注。即如考老之字，老屬會意也，人老則須髮變白，故老從人毛匕，此亦合三字為誼者也。立老字以為部首，所謂建類一首。考與老同意，故受老字而從老省。考字之外，如耆、耊、壽、耇之類，凡與老同意者，皆從老省而屬老。是取一字之意，以概數字，所謂同意相受。叔重但言考者，舉一以例其餘爾。由此推之，則《說文解字》一書，凡分五百四十部，其始一終

亥，五百四十部之首，即所謂一首也；云凡某之屬皆從某，即同意相受也。」
江氏之說，以《說文》分五百四十部，即「建類」；始「一」終「亥」，
五百四十部之首，即「一首」；《說文》說：「凡某之屬皆從某」，即同
意相受。

（3）互訓派：謂轉注是立一字類為基首，使同意之字互相承受。此解
說「建類一首」之「首」為基首，凡異字同義的，都謂之轉注。

（子）南唐・徐鍇《說文繫傳》：「轉注謂耆、耄、耋、壽、耈，皆
老也，凡五字。試依《爾雅》之類言之：耆、耄、耋、耈；老也。又耈、
壽、耋、耄、耆可同謂之老，亦可謂之耆，往來皆通，故曰轉注。」

（丑）清・戴震《答江慎修論小學書》：「震謂考老二字，屬諧聲會
意者，字之體；引之言轉注者，字之用。轉注之云，古人以其語言為名類，
通以今人語言，猶曰互訓云爾。轉相為注，互相為訓，古今語也。」戴氏
以為一切詁訓，都是轉注，此即徐氏「往來皆通」之義，謂象形、指事、
會意、形聲四者是文字之體；轉注、假借二者是文字之用。而倡「四體二
用」之說。清・段玉裁《說文解字・敘》「轉注」條下注說：「建類一首，
謂分立其義之類而一其首，如《爾雅釋詁》第一條說始是也。同意相受，
謂無慮諸字意指略同，義可互受，相灌注而歸於一首，如：初、哉、首、
基、肇、祖、元、胎、俶、落、權輿，其於義或近或遠，皆可互相訓釋，
而同謂之始是也。」段氏承其師戴氏之說，也說「轉注猶互訓也」。

（寅）劉師培《轉注說》：「轉注當以互訓言，非以轉注該一切訓釋
也。」又說：「許書轉注雖僅指同部互訓言，然擴充之，則一義數字，一
物數名，均近轉注，如及逮、邦國之屬，互相訓釋，雖字非同部，其為轉
注則同。」劉氏以戴氏舉《爾雅釋詁》「初、哉、首、基；始也」為證，
失之泛濫，而謂「轉注當以互訓言」，以同部互訓為轉注正例，異部
互訓為轉注變例。

3、聲轉說

謂轉注是立一同一語基之聲類，使同意之字互相承受。此解說「建類一首」的「類」爲聲類，「首」爲語首。章太炎先生《國故論衡・轉注假借說》：「字之未造，語言先之矣。以文字代語言，各循其聲，方語有殊，名義一也。其言或雙聲相轉，疊韻相池，則爲更制一字，此所謂轉注也。何謂建類一首？類謂聲類，古者類律同聲，以聲韻爲類，猶言律矣。首者，今所謂語基。考老同在幽類，其義互相容受，其音小變，按形體成枝別，審語言同本株，雖製殊文，其實公族也。非直考老，言壽者亦同。循是以推，有雙聲者，有同音者，其條例不異，適舉考老疊韻之字，以示一端，得包彼二者矣。」章氏以語基相同，意義相同，而形體不同的文字，互相注釋，謂之轉注。因此又分轉注爲雙聲、疊韻、同音三類。

4、形音義並轉說

謂轉注不僅語基相同，意義相同，形體上表類別意義的（形聲字的形符）也應相近義通。此解說「建類」的「類」爲形類，「一首」的「首」爲語首。朱宗萊《文字學形義篇》：「轉注以形通，音近、義同爲準。而溯厥孳乳之故，大抵本於語言，語言之音有轉變，字形亦隨以轉變，則轉注之例生焉。」又說：「凡文字必具形音義三者，則轉注一書亦宜兼就三者而言，義始具足。余意建類之類爲物類，謂形也；一首即語基，謂音也；同意相受即數字共一義，謂義也。」

5、初文造字說

謂轉注是初文的原義轉移，由本義轉變爲引伸義或假借義，或是初文的本音轉移，因古今音變或是方言異讀，而承受初文之原義孳乳另造新字，謂之轉注。此解說「建類」的「類」爲聲韻的類，而分轉注爲三類：同音轉注、疊韻轉注、雙聲轉注。解說「一首」爲出於初文。解說「同意相受」爲承受初文之義而孳乳。魯師實先《轉注釋義》：「建類一首者，謂造聲韻同類之字，出於一文。……同意相受者，謂此聲韻同類之字，皆承一文而孳乳也。」

綜上五說，「形轉說」、「義轉說」、「形音義並轉說」都是把轉注看作用字之法，實未得轉注的真旨，直至章太炎先生的「聲轉說」，從語言的角度看轉注，謂語音轉變，而不得不隨之另造新字，把轉注看作造字之法，才真正掌握轉注的要義。只是語言包含語音與語義，章氏只提到語音轉變而另造新字的轉注，魯師實先則認爲轉爲轉迻，語言的轉迻當兼語音與語義而言。故轉注有因義轉而注者，有因音轉而注者，可謂對班固《漢書·藝文志·六藝略》謂六書「造字之本」的說法，提出了適當的補充說明。關於各家轉注說的是非得失，《文字學簡編·進階篇》再作討論。

三、轉注的形成

轉注形成的原因，約有下述六種：

（一）古今音變

同一事物，而因古今語言變遷，於是根據古代所造的文字而依照後世的語音，另外造一個字，如《說文》：「采、禾成秀人所收者也。從爪禾。穗、俗從禾惠聲。」同爲禾成秀之義，從古音而從爪禾會意，音「徐醉切」；從後世語音而從惠聲作「穗」，采、穗轉注。

（二）方言異讀

同一事物，而因方言不同，於是根據某地所造的文字，而依照此地的方言，另外造一個字，如《說文》：「饘、糜也。從食亶聲。周謂之饘，宋衛謂之飦。」同爲粥糜之義，從周地方言造字而從亶聲作「饘」，從宋衛方言造字而從衍聲作「飦」，饘、飦轉注。

（三）避免字義相混

本字借爲他用，久假不歸，於是另外造一個字，作爲本義的專用字。此另外造的字，與原來本字，即是轉注。如《說文》：「氣、饋客之芻米也。從米气聲。餼、氣或從食。」氣本來是芻米之義，借爲雲氣之義，所以另外造從食氣聲的「餼」字，氣、餼轉注。

（四）假借造字

字已構成，用字之時，倉卒之間忘其結體，於是根據已知之音義，假借同音之字來另造新字。此所造之字，與原有之字，即是轉注字。如《說文》：「麀、牝鹿也。從鹿牝省。𪋌，或從幽聲。」牝鹿爲麀，後人用此字，倉卒間忘其結體，知其爲鹿，於是寫一「鹿」字，知其音「幽」，就在鹿下加上「幽」作爲聲符作「𪋌」字。麀、𪋌轉注。

（五）附加聲符

據已有之字，附加聲符以表示其音讀。此附加聲符之字，與原有之字，即是轉注字。如《說文》：「网、庖犧氏所結繩以田以漁也。從冂、下象网交文。罔、网或加亡。」「网」附加「亡」聲作罔，网、罔轉注。

（六）附加形符

據已有之字，附加形符表示其質地。此附加形符之字，與原有之字，即是轉注字。如《說文》：「豆、古食肉器也。」又：「梪、木豆謂之梪，從木豆。」「豆」附加「木」爲形符作「梪」，從「木」，所以表示其質地爲木。豆、梪轉注。

四、轉注分類

轉注可分爲二類：其一、轉注正例，其二、廣義轉注。前者是六書的轉注，也就是造字之法。又可分爲三種：其一、同音轉注，其二、雙聲轉注，其三、疊韻轉注。後者是用字的轉注，也就是用字之法。又可分爲二種：其一、同部互訓，其二、異部互訓。

（一）轉注正例─六書轉注

據魯師實先「初文造字說」之意，謂衰老之義，先民初造「老」字，從人毛匕會意，人之毛髮，發生變化，由黑而白，是衰老之義。其後「老」字流通到其他地區，或流傳到後世，而語音發生變化，由「ㄌㄠˇ」變爲「ㄎㄠˇ」，於是據初文「老」而隨所變化之語音，另造新字。據「老」

為初文，故从「老」，此即所謂「一首」；隨「丂幺ˇ」音而造新字，故从「丂」聲，此即所謂「建類」；以「老」為初文，即承受「老」字的原義，此即所謂「同意相受」。新造的字本从老丂聲，考慮文字外形方正與結構的勻稱，而把形符「老」省略部分結構，故从老省丂聲。由於「老」字在某一地區、或某一時代語音變化，此即所謂「轉」，亦即轉注發生的原因； 於是據此初文「老」字另造一新字以適應此變化之語音，此即所謂「注」，亦即轉注造字的結果。此初文與新造字之間的關係，謂之轉注，謂「老」轉而注「考」也。

語言變化是轉注發生的主要原因，語言包含語音與語義，許慎所舉「考、老」之例，是語音變化之例，語音變化可能聲變而與初文疊韻，可能韻變而與初文雙聲，此即《說文·敘》所云「建類」之義。由音變而生之轉注，謂之音轉而注。此類轉注分為疊韻轉注、雙聲轉注二類。語義的變化也是轉注發生的原因之一，語義變化可能承初文之本義而變為引伸義，也可能變為比擬義或假借義。由義變而生之轉注，謂之義轉而注。義轉而音未變，故義轉而注之轉注，新造之字初必與初文同音，而為同音轉注。其或僅為疊韻或雙聲者，乃因歷時較久，而又音變故也。此類轉注分為引伸義轉之轉注、比擬義轉之轉注、假借義轉之轉注等三類。

| 1、義轉而注—同音轉注 |

由義變而生之轉注，謂之義轉而注。義轉而音未變，故義轉而注之轉注，新造之字初必與初文同音，而為同音轉注。其或僅為疊韻或雙聲者，乃因歷時較久，而又音變故也。

（1）聿筆轉注

《說文》：「聿、所以書也。从聿一。」

又：「筆、秦謂之筆，从聿竹。」

說明：聿、余律切，筆、鄙密切。二字古韻同在段氏第十五部，筆當从竹聿聲。聿假借為語詞，乃加竹作筆，聿為初文，筆由聿而孳乳，是聿

筆轉注。

（2）其箕轉注

《說文》：「箕、所以簸者也。从竹、甘象形，丌，其下也。甘、古文箕。」

説明：甘，今作其，象簸箕之形。箕當从竹其聲。其假借爲語詞，乃加竹作箕，其爲初文，箕由其而孳乳，是其箕轉注。

（3）臭齅轉注

《說文》：「臭、禽走臭而知其跡者犬也。从犬。」

又：「齅、鼻就臭也。从鼻臭、臭亦聲。」

説明：齅當从鼻臭聲。臭引伸爲惡味，乃加鼻作齅，臭爲初文，齅由臭而孳乳，是臭齅轉注。

（4）告祰轉注

《說文》：「告、牛觸人，角箸橫木，所以告人也。从口从牛。」

又：「祰、告祭也，从示告聲。」

説明：告本義當爲祭祀禱告，引伸爲一切告訴之義，乃加示作祰，告爲初文，祰由告而孳乳，是告祰轉注。

（5）豈愷轉注

《說文》：「豈、還師振旅樂也。从豆、敳省聲。」

又：「愷、康也。从豈心，豈亦聲。」

説明：愷當从心豈聲。豈假借爲語詞，乃加心作愷，豈爲初文，愷由而孳乳，是豈愷轉注。

2、雙聲轉注—音轉而注

語音變化，可能韻變而與初文雙聲，此即《說文・敘》所云「建類」之義。由音變而生之轉注，謂之音轉而注。

（1）口嗽轉注

《說文》：「口、所以言食也。象形。」

又：「嗷、口也。从口敫聲。」

說明：口、苦厚切，嗷、苦弔切。二字同屬溪母，古音雙聲。口為初文，嗷由口而孳乳，是口嗷轉注。

（2）迅速轉注

《說文》：「迅、疾也。从辵卂聲。」

又：「速、疾也。从辵束聲。」

說明：迅、息進切，速、桑谷切。二字同屬心母，古音雙聲。迅為初文，速由迅而孳乳，是迅速轉注。

（3）迎逆轉注

《說文》：「迎、逢也。从辵卬聲。」

又：「逆、迎也。从辵屰聲。關東曰逆，關西曰迎。」

說明：逆、宜戟切，迎、疑卿切。二字同屬疑母，古音雙聲。逆為初文，迎由逆而孳乳，是迎逆轉注。此方言音變轉注之例。

（4）去朅轉注

《說文》：「去、相違也。从大凵聲。」

又：「朅、去也。从去曷聲。」

說明：去、丘據切，朅、丘竭切。二字同屬溪母，古音雙聲。去為初文，朅由去而孳乳，是去朅轉注。

（5）冥𥇕轉注

《說文》：「冥、窈也。从日六从冂。」

又：「𥇕、冥也。从冥黽聲。」

說明：冥、莫經切，聲屬明母；𥇕、武庚切，聲屬微母，古歸明母。二字古音雙聲。冥為初文，𥇕由冥而孳乳，是冥𥇕轉注。

3、疊韻轉注—音轉而注

語音變化可能聲變而與初文疊韻，此亦《說文·敘》所云「建類」之義。此亦由音變而生之轉注，亦屬音轉而注。

（1）來麥轉注

《說文》：「來、周所受瑞麥來麰也。二麥一夆，象其芒束之形。」

又：「麥、芒穀。從來有穗者也，從夊。」

說明：來、洛哀切，麥、莫獲切。二字同在段氏第一部，古音疊韻。來爲初文，麥由來而孳乳，是來麥轉注。

（2）多夥轉注

《說文》：「多、緟也。從緟夕。」

又：「夥、齊謂多也。從多果聲。」

說明：多、得何切，夥、呼果切。二字同在段氏第十七部，古音疊韻。多爲初文，夥由多而孳乳，是多夥轉注。此方言音變轉注之例。

（3）志意轉注

《說文》：「志、意也。從心之、之亦聲。」

又：「意、志也。從心音。」

說明：志、職吏切，意、於記切。二字同在段氏第一部，古音疊韻。志爲初文，意由志而孳乳，是志意轉注。

（4）悬愁轉注

《說文》：「悬、愁也。從心頁。」

又：「愁、悬也。從心秌聲。」

說明：悬、於求切，愁、士尤切。二字同在段氏第三部，古音疊韻。悬爲初文，今借憂爲之。愁，今作愁，。愁由而悬孳乳，是悬愁轉注。

（5）妹娞轉注

《說文》：「妹、女弟也。從女未聲。」

又：「娞、楚人謂女弟曰娞。從女胃聲。」

說明：妹、莫佩切，娞、云貴切。二字同在段氏第十五部，古音疊韻。妹爲初文，娞由妹而孳乳，是妹娞轉注。此方言音變轉注之例。

（二）廣義轉注—用字轉注

上述義轉說、形音義並轉說等，皆以轉注爲用字之法，是爲廣義之轉注。劉師培《轉注說》：「許書轉注雖僅指同部互訓言，然擴充之，則一義數字，一物數名，均近轉注，如及逮、邦國之屬，互相訓釋，雖字非同部，其爲轉注則同。」是則廣義轉注可分爲同部互訓、異部互訓二類。此所謂互訓，包含二字相釋、數字一義的同訓、遞訓。

1、同部互訓

《說文・敘》釋轉注以考老爲例，考老二字同在老部，又考老二字互相訓釋，劉師培所稱同部互訓，即由此而言。是則二字相釋，或數字一義而同在一部者，謂之同部互訓，是爲廣義轉注。

（1）老耆考轉注

《說文》：「老、考也。从人毛匕。」

又：「耆、老也。从老省旨聲。」

又：「考、老也。从老省丂聲。」

說明：老、耆、考三字同在老部，義亦相同。是老耆考轉注。

（2）福祿祥禧祉轉注

《說文》：「福、備也。从示畐聲。」

又：「祿、福也。从示彔聲。」

又：「祥、福也。从示羊聲。」

又：「禧、福也。从示喜聲。」

又：「祉、福也。从示止聲。」

說明：福、祿、祥、禧、祉五字同在示部，義亦相同。是福祿祥禧祉轉注。

（3）口噭喙轉注

《說文》：「口、所以言食也。象形。」

又：「噭、口也。从口敫聲。」

又：「喙、口也。从口彖聲。」

說明：口、噭、喙三字同在口部，義亦相同。是口噭喙轉注。

2、異部互訓

二字相釋，或數字一義而不同部者，謂之異部互訓，是亦廣義轉注。

（1）國邦轉注

《說文》：「國、邦也。从囗从或。」

又：「邦、國也。从邑丰聲。」

說明：國在囗部、邦在邑部，二字分屬異部，義則相同。是亦國邦轉注。

（2）及逮隶轉注

《說文》：「及、逮也。从又人。」

又：「逮、唐逮、及也。从辵隶聲。」

又：「隶、及也。从又、尾省。」

說明：及在又部、逮在辵部，隶在隶部，三字分屬異部，義則相同。是亦及逮隶轉注。

第六節　假借釋例

一、假借界義

《說文‧敘》云：「假借者，本無其字，依聲託事，令長是也。」

假，本作叚，叚借同義。本無其字，謂尚未造此文字。託，寄託。事，事物，此指各類事物的意義。依聲託事，謂憑靠聲音的媒介，將此尚未造字的義，寄託在另一個聲音相同的字形上表達出來。段注：「凡事物之無字者，皆得有所寄而有字。如漢人謂縣令曰令長，縣萬戶以上爲令，減萬戶爲長。令之本義，發號也；長之本義，久遠也。縣令、縣長，本無字而由發號、久遠之義引申展轉而爲之，是謂叚借。」段氏之意，許愼舉令、

長二字爲例，謂縣令、縣長之義本無其字，由本義爲發號之「令」字與本義爲久遠之「長」字，引申輾轉而爲之，這樣的用字方式，謂之假借。

　　段氏之說，是受其師戴震「四體二用」之說的影響，把六書假借看作是用字之法，而作此解說。依《說文‧敘》所說，的確假借是用字之法。前面提到，文字是紀錄語言的工具。先有語言，後有文字，以中國文字而言，在造字之初，是根據語言的義而造形的。但是語言的義，有的具體、簡單，有的抽象、複雜。具體、簡單的義，可能據以造形，這就造出了文字，即所謂「本有其字」。至於抽象、複雜的義，未能據以造形，這便未造出文字，即所謂「本無其字」。這些無形的義，在書寫時，便只有借用其他字形來表達。這種借用其他字形表達無形之義的方式，就是《說文‧敘》所云「本無其字，依聲託事」。

　　不過《說文‧敘》以令、長二字爲假借之例，實有未妥，有辨明的必要。首先要說明引伸與假借是不同的。引伸是據本義而擴大應用，屬於內發義；而假借則是依聲託事而借用，屬於外來義。縣令、縣長之義並非本無其字，其本字即是「令」字、「長」字。令之本義爲發號，引伸爲一縣發號之人，即是縣令。長之本義，據《說文》是爲久遠，引伸爲一縣地位最爲高貴之人，即是縣長。段氏云「由發號、久遠之義引申展轉而爲之」，也認爲是引申，只是仍然依許慎的誤說而加以彌縫，說成「引申展轉而爲之，是謂叚借。」由引伸而輾轉爲假借了。

　　魯師實先著《假借遡原》，明揭《說文》有造字假借之證，謂許慎假借之說有二：其一爲用字假借，《說文‧敘》所言是也；其二爲造字假借，如《說文》云：「甚，尤安樂也。从甘匹，匹、耦也。」甘、美味。甚从甘，謂美味安樂之義。匹、四丈也，甚从匹，無所取義。許慎知之，故補充說明云「匹、耦也」，謂甚所从匹，乃「妃」之假借。《說文》云：「妃，匹也，从女己。」《左傳》曰：「嘉耦曰妃」，典籍多假「配」爲之。妃，芳非切，聲屬敷母，古歸滂母，韻在段氏第十五部；匹、普吉切，聲屬滂

母，韻在第十二部，二字古音雙聲，故相通作。魯師並謂《說文・敘》釋假借之義，蓋有二誤，其一，誤以用字假借為六書假借。其二，誤以引申之例為假借之例。魯師之說給班固《漢書・藝文志・六藝略》所云六書「造字之本」之說，作了適當的補充說明。

二、假借的條件

《說文・敘》云：「依聲託事」，謂假借必須以聲音為媒介，才能託此義於彼形，所以「依聲」便是假借的必要條件。所謂「聲」，有三種情形：其一是同音，其二是疊韻，其三是雙聲。故「依聲託事」的假借，也有三種：同音假借、疊韻假借與雙聲假借。

三、假借分類

假借依其性質，可分為造字假借、用字假借二類。依其條件，則可分為同音假借、疊韻假借、雙聲假借三類。

（一）造字假借－六書假借

造字時運用假借之法者，謂之造字假借。班固謂六書皆造字之本，則造字假借應屬六書假借。

1、造字假借的型態

造字假借的型態有下列五種：

（1）合體象形的主體假借，如鹵，西方鹹地。从鹵、象鹽結晶之形，為合體象形。鹵，西之籀文，本義為鳥在巢上棲息，假借為方位之名。鹵之主體「卤」，取西方之義，乃假借義，係無本字之假借。

（2）合體指事主體假借。此類闕例。

（3）會意字組成分子假借，如甚从甘匹會意，所从匹，取配耦之義，乃「妃」之假借。

（4）形聲字聲符假借，如鯨从魚京聲，聲符兼義，表壯大之義。重文作「鱷」，从魚畺聲，「畺」乃「京」之假借。

（5）形聲字形符假借，如赻從未支聲，俗作「豉」，從豆支聲，「豆」乃「未」之假借。

2、造字假借示例

（1）甚

《說文》：「甚、尤安樂也。从甘匹，匹、耦也。」

說明：匹，四丈也。甚从匹，無所取義，《說文》云「匹，四丈也」，謂甚所以「匹」乃「妃」之假借。妃，配耦之義，甚从妃，示家室安樂之義。匹，普吉切，聲屬滂母；妃，芳非切，聲屬敷母，古歸滂母。二字古音雙聲，故相通作。此會意字組成分子假借之例。

（2）豉

《說文》：「赻、配鹽幽未也。从未支聲。豉、俗赻从豆。」

說明：豆，古食肉器也。豉从豆，無所取義，「豆」乃「未」之假借。未，豆麥之本字，今作菽，式竹切，聲屬審母，古歸透母，古韻在段氏第三部；豆，徒候切，聲屬定母，古韻在第四部。二字古音聲韻俱近，故相通作。此形聲字形符假借之例。

（3）驂

《說文》：「驂，駕三馬也。从馬參聲。」

說明：參，商星也。驂从參聲，無所取義，「參」乃「三」之假借。參，所今切，聲屬疏母，古歸心母，古韻在段氏第七部；三，數名，穌甘切，聲屬心母，古韻在第七部。二字古同音，故相通作。此形聲字聲符假借之例。

（4）肢

《說文》「胑、體四胑也。从肉只聲。肢、或从支。」

說明：只，語已詞。胑从只聲，無所取義，「只」乃「支」之假借。支，去竹之枝，引伸爲分枝之義，肢从支聲，聲符兼義，示體之四肢，猶竹之分枝。只，諸氏切，聲屬照母，古歸端母，古韻在段氏第十六部；支，

章移切，聲屬照母，古歸端母，古韻在第十六部。二字古同音，故相通作。此形聲字聲符假借之例。

（5）鹵

《說文》：「鹵、西方鹹地也。从西省，囗、象鹽形。」

說明：卤，西之籀文，鳥在巢上棲息也。鹵从卤，無所取義，此用西方之義，乃假借義，屬無本字之假借。此合體象形主體假借之例。

（二）用字假借－訓詁假借

文字既造之後，用字之法多端，其自本義而擴大應用者，是為引伸；其或依聲託事者，是為假借。班固謂六書皆造字之本，用字假借非六書假借，應是訓詁假借。用字假借又可分為二類，其一為無本字假借，其二為有本字假借。

1、無本字之用字假借

有義無形，依聲託事，借他字為之，謂之無本字之用字假借。《說文・敘》云：「假借者，本無其字，依聲託事，令長是也。」許慎所稱實為無本字假借，典籍借為語詞而無本字者，皆屬之。

（1）記數之義假八為之

《說文》：「八、別也。象分別相背之形。」

說明：八本義為分別，數名之義本無其字，假同音而訓別之「八」以託數名之義，此即《說文・敘》所云「本無其字，依聲託事」者也。

（2）語詞之義假然為之

《說文》：「然、燒也。从火狀聲。」

說明：然本義為燃燒，語詞之義本無其字，假同音而訓燒之「然」以託語詞之義，此即《說文・敘》所云「本無其字，依聲託事」者也。

（3）語詞之義假則為之

《說文》：「則、等畫物也。从刀貝。」

說明：則本義為等畫物，語詞之義本無其字，假同音而訓等畫物之「則」

以託語詞之義，此即《說文‧敘》所云「本無其字，依聲託事」者也。

（4）語詞之義假所爲之

《說文》：「所、伐木聲也。从斤戶聲。」

說明：所本義爲伐木聲，語詞之義本無其字，假同音而訓伐木聲之「所」以託語詞之義，此即《說文‧敘》所云「本無其字，依聲託事」者也。

（5）語詞之義假焉爲之

《說文》：「焉、焉鳥。象形。」

說明：焉本義爲鳥名，語詞之義本無其字，假同音而訓鳥名之「焉」以託語詞之義，此即《說文‧敘》所云「本無其字，依聲託事」者也。

2、有本字假借

既造本字，後又依聲託事，借他字爲之，謂之有本字假借，淸人或謂之同音通假。以今日言之，實爲別字。

（1）气假氣爲之

《說文》：「气、雲气也。象形。」

又：「氣、饋客之芻米。从米气聲。」

說明：氣本義爲饋客之芻米，雲气乃假借義，係「气」之假借。氣从气聲，二字古同音，故相通作。此本有其字之假借。

（2）彊假強爲之

《說文》：「彊、弓有力也。从弓畺聲。」

又：「強、蚚也。从虫弘聲。」

說明：強本義爲蟲名，強有力乃假借義，係「彊」之假借。彊、巨良切，聲屬群母，古韻在段氏第十部；強、巨良切，聲屬群母，古韻在第十部。二字古同音，故相通作。此本有其字之假借。

（3）何假荷爲之

《說文》：「荷、扶渠葉。从艸何聲。」

又：「何、儋也。从人可聲。」

　　說明：荷本義爲扶渠葉，擔負之義乃假借義，係「何」之假借。荷从何聲，二字古同音，故相通作。此本有其字之假借。

　　（4）厶假私爲之

　　《說文》：「私、禾也。从禾厶聲。」

　　又：「厶、姦衺也。韓非曰：倉頡作字，自營爲厶。」

　　說明：私本義爲禾名，姦衺之義乃假借義，係「厶」之假借。私从厶聲，二字古同音，故相通作。此本有其字之假借。

　　（5）褱假懷爲之

　　《說文》：「懷、念思也。从心褱聲。」

　　又：「褱、俠也。从衣眔聲。」

　　說明：懷本義爲念思，褱本義夾持，引伸有懷藏之義，懷訓懷藏，乃假借義，係「褱」之假借。懷从褱聲，二字古同音，故相通作。此本有其字之假借。

文獻研究叢書・出土文獻譯注研析叢刊 0902005

文字學簡編・基礎篇

作　　　者	許錟輝	
責任編輯	吳家嘉	

發 行 人	陳滿銘
總 經 理	梁錦興
總 編 輯	陳滿銘
副總編輯	張晏瑞
編 輯 所	萬卷樓圖書股份有限公司

臺北市羅斯福路二段 41 號 6 樓之 3
電話 (02)23216565
傳真 (02)23218698

發　　　行　萬卷樓圖書股份有限公司
臺北市羅斯福路二段 41 號 6 樓之 3
電話 (02)23216565
傳真 (02)23218698
電郵 SERVICE@WANJUAN.COM.TW
香港經銷　香港聯合書刊物流有限公司
電話 (852)21502100
傳真 (852)23560735

ISBN 978-957-739-193-3

2022 年 9 月初版十八刷
1999 年 3 月初版一刷
定價：新臺幣 300 元

如何購買本書：

1. 劃撥購書，請透過以下郵政劃撥帳號：
   帳號：15624015
   戶名：萬卷樓圖書股份有限公司

2. 轉帳購書，請透過以下帳戶
   合作金庫銀行 古亭分行
   戶名：萬卷樓圖書股份有限公司
   帳號：0877717092596

3. 網路購書，請透過萬卷樓網站
   網址 WWW.WANJUAN.COM.TW

大量購書，請直接聯繫我們，將有專人為
您服務。客服：(02)23216565 分機 610
如有缺頁、破損或裝訂錯誤，請寄回更換

國家圖書館出版品預行編目資料

文字學簡編・基礎篇 / 許錟輝著.
 -- 初版. -- 臺北市：萬卷樓, 民 87
　面；　　公分

ISBN 978-957-739-193-3 (平裝)

1. 中國語言-文字

820.2　　　　　　　　　　　　87012727